偽りの恋人は甘くオレ様な御曹司

プロローグ

「上総《かずさ》くん、相変わらず意地悪ね。そこを通してもらえますか？」

「ああ、悪い、悪い。伊緒里《いおり》嬢。あんまりに小さすぎて見えなかった」

そう言って、目の前のフェロモン漂《ただよ》うオリエンタルな美貌《びぼう》の青年、桐生《きりゅう》上総くんはやっと身体を半分ずらしてくれた。

彼は私、瀬戸《せと》伊緒里の行く手をずっと阻《はば》んでいたのだ。

何度もすり抜けようと試みたが、そのたびに身体をうまくずらされて前に進めなかった。

それもそのはず。彼と私の身長差は二十センチ以上。

百五十八センチの私、そして百八十センチの上総くんでは体格差がありすぎだ。

私より断然足が長く、尚且つ男らしい体躯《たいく》の持ち主に、小柄な私が勝てるわけがない。

年齢差は五つ。年でも負けている。

そんな私たちは幼なじみという間柄だ。

昔は仲が良く、私を妹みたいにかわいがってくれた上総くんだったが、ここ数年、私に対して意地悪になっている気がする。

なので彼の横を通るときに軽く足を踏むと、上総くんはすぐに口角をクイッと上げて、意味深な笑みを浮かべた。その笑みが意地の悪いものだったので、私は顔を歪《ゆが》める。

だが、彼は不機嫌な私を気にもしていない。

「相変わらず、じゃじゃ馬なお嬢様だな、伊緒里は。余所《よそ》では模範生みたいに猫を被《かぶ》っているのに、今日はどこかに置いてきたのか？　探しに行ってやろうか？」

「上総くんだって、相変わらず頑丈な猫を被《かぶ》っているわよね。うまく化けていて感心するわ！」

会えば減らず口を叩《たた》かれるため、つい私も叩《たた》き返してしまう。売り言葉に買い言葉がエスカレートしていくのだ。

上総くんと顔を合わせれば、こんなふうに言い争いになるとわかっていた。

だから、ここ最近は会わないようにしていたのだが、『今夜だけは顔を出してほしいの。上総が仕事で日本を離れることになったのよ。壮行会ではないけど、頑張れって笑顔で送り出してあげたくて。でも、私と主人だけじゃ寂しいじゃない？　だから、伊緒里ちゃんも参加してくれない？伊緒里ちゃんの大学卒業のお祝いもしたいし。ね？』と彼の母親に頼み込まれて、このレストランに来たのだ。

そして食事後、『しばらく会えなくなるんだし、二人でお話でもしたら？』となぜか個室に残された。私たち二人しかいないから、彼も遠慮がない。

やっぱり、来ない方が私のためにも、彼のためにも良かったのかもしれない。私は深くため息をつきたくなった。

昔はこうじゃなかったのに、どうしてこんなふうになってしまったのか。

『私ね、うちのお兄様も好きだけど。上総くんの方が大好き』

小さな頃の私は、血の繋がりのある実兄以上になつくほど、上総くんが好きだった。

彼と初めて会ったのは、何かのパーティーだったと思う。

上総くんの家は大手貿易会社を経営していて、私の父は代議士だ。そのパーティーには互いに家族で参加していた。

仲良く遊ぶ二人を見て母親同士も顔見知りになり、いつの頃からか頻繁《ひんぱん》にお互いの家を行き来する間柄になったのだ。

とにかく幼い私は、上総くんに会えると聞けば、会うまでの日数を指折り数えていたほど。

それが、彼が大学生になった頃から突然距離を置かれるようになってしまった。

なぜなのか、その理由を彼に聞いてはいない。

ただ単に私が気に入らなくなったのかもしれなかった。

そんな彼に、昔のように優しくしてほしいと縋《すが》るつもりは毛頭ない。

嫌いなら嫌いで結構。私たちは、赤の他人だ。

今夜が終われば、彼とは当分会わないはず。彼が日本に戻ってくるのは、何年先かわからないらしいからだ。

「向こうでも、その腹黒さを発揮してせいぜい頑張って？」

「それは、お気遣いありがとう。俺の心配をするより、自分の心配をしたらどうだ？」

「え？」

「婚約すると、母さんから聞いたぞ。婚約者に愛想を尽かされないようにしろよ」

「余計なお世話っ！」

ニヤリと笑って悪態《あくたい》をついた上総くんは、その後、ヒラヒラと手を振って私の前から去っていく。

「言い逃げなんて、卑怯《ひきょう》よ‼」

ググッと拳《こぶし》を握りしめて彼の背中に言葉をぶつけたあと、私もレストランを出た。

とりあえず、義理は果たせたはずだ。お役御免でいいだろう。

「もう、当分、会うことはないもんねーだ」

そう小さく呟《つぶや》いて、胸の痛みには気づかないフリをする。

当分どころか、もう、彼と会う機会はない。

そう思っていた。

二年後に予期せぬ形で再会を果たすまでは――

1

「嵌《は》められた……？」

憤《いきどお》りに顔を歪《ゆが》めて、私は己のうかつさに頭を抱えた。

都内にある外資系ホテルのロビーに足を踏み入れたところで、婚約者の姿を見つけてしまったのだ。慌《あわ》てて物陰に隠れて息を潜《ひそ》める。

幸いロビーには多国籍の客が数多く行き交っている。

ピアノの生演奏が響くシックで高級感溢《あふ》れる素敵な空間に、鬼気迫る表情の女が一人。もちろん、私のことだ。

今日の私は、ベージュのフレアワンピースを着ていた。五分袖で、ウエスト部分にリボンをあしらった清楚《せいそ》なイメージのものだ。

そのワンピースのスカートが物陰から出ないよう、裾《すそ》を押さえて隠す。

(どうして、あの男がここにいるのよ！)

心の中で盛大に叫びながら、ロビーから少し離れたラウンジを見回した。

今日はこれから子供の頃からかわいがってもらっている緑川《みどりかわ》ご夫妻と食事をする予定で、このホテルのラウンジで落ち合う約束をしている。

だが、その相手はおらず、代わりにこの世の中で一番会いたくない婚約者がいたのだ。

着流しに羽織《はおり》を纏《まと》ったその彼は、和風男子とでも言うのだろうか。雅《みやび》な雰囲気でコーヒーを飲み、周りの女性たちの視線をほしいままにしている。

だが、是非とも忠告させていただきたい、と私は眉間《みけん》に皺《しわ》を寄せた。

(そこで頬を赤く染めている女性の皆様方。騙《だま》されてはいけません。その男、とんでもないやつですよ！)

そんなことを胸中で叫びながら、私は疑い深くその男を監視し続ける。

身を小さくして柱の陰に隠れると、携帯電話を鞄《かばん》から取り出した。

電話をかける相手は決まっている。私に嘘《うそ》をついた人間だ。

呼び出し音を聞きつつ、どうしてこんな事態になってしまったのかとさらに眉を寄せた。


瀬戸伊緒里、二十四歳。世間ではお嬢様学校と言われている女子大を卒業後、都内の企業で働いているごく普通のＯＬだ。

容姿は、平均並みだと自分では評価しているが、動物に例えるとタヌキ顔らしい。

よく言えば愛嬌《あいきょう》があるのだろうが、年齢より幼く見られるのは不満だ。

ショートボブの黒髪で、自分では大和撫子《やまとなでしこ》風だと思っている。

性格は……少々堅物で所謂《いわゆる》委員長タイプだとよく言われるが、これといって特記すべき点はない。

ただ、実家の瀬戸家は先祖代々、政治家を輩出していて、そのせいか古きを重んじる家だ。

私の父も国会議員を務めているし、兄も政治家の道を歩もうとしている。

そんな堅苦しい家の空気が嫌で、私は就職を機に家を出ていた。

そうして手に入れた気ままな一人暮らし生活だが、あとどれくらい堪能《たんのう》できるのだろうか。

現在の危機的状況を目の当《ま》たりにし、残り僅《わず》かなのだろうとヒシヒシと肌で感じてしまう。

なぜなら、自由に過ごせるのは婚約者と結婚するまで。それが、独立が認められた際の条件なのだ。

父は堅物で融通《ゆうずう》が利かない人。

しっかり愛情を注がれているのはわかっているが、押しつけ感が半端ない。とにかく私に対して心配性なのである。

だから自分が厳選した物だけを、与えようとするのだ。婚約者は、その典型だった。

吹き抜けの広々としたラウンジを柱の陰から見つめ、私はため息をつく。

未だに繋がらない電話に苛立《いらだ》ちを覚え、「お父様、早く出て！」と念じた。

緑川ご夫妻との約束は父を通してされたものだ。私は父に騙《だま》されたのだろう。

数回の呼び出し音のあと、ようやく電話の主が出た。私は声を抑えつつ、この状況を訴《うった》える。

「お父様、これはどういうことですか？　今日は緑川のおじ様とおば様がお見えになるというからホテルに足を運んだのに」

勢い余って声が段々大きくなっていると気がつき、慌《あわ》ててトーンを落とす。

けれど、イライラがピークに達している私の耳に飛び込んできたのは、このあり得ない状況を作った犯人――父ではなかった。

『伊緒里お嬢さん、いかがされましたか？　先生は今、党の本部で会議の真っ最中です』

電話に出たのは、秘書の坂本《さかもと》さんだ。

父が国政デビューしたときからの秘書で、父の腹心の部下である。

父の言うことは絶対である彼は、恐らく今日のこの件にも一枚噛《か》んでいるはずだ。

ギリリと歯ぎしりをしたいのをグッと堪《こら》え、私は坂本さんに抗議をする。

「なら、お父様じゃなくてもいいです。坂本さんは知っていたのでしょう？」

『なんのことでしょう？』

なんとも白々しい。携帯電話を持つ私の手にグッと力が入り、怒りのあまり震えた。

口の端をヒクつかせながら、電話口の坂本さんに問う。

「緑川のおじ様とおば様が、私に会いたいとおっしゃっているとお父様から聞いたので、今日ホテルでお食事をする約束だったのです」

『そうだったのですか？　それで、どうなさったのですか？　緑川先生はお見えになっていませんか？』

本当に白々しい。よくもまぁ、この状況でしらを切れるものだ。面《つら》の皮が厚いというのは坂本さんのような人を言うのだろう。

父と同じ年齢の彼は、本当に曲者《くせもの》である。これ以上会話を続けたところで、事態はどうにもならない。私は、盛大にため息を零《こぼ》した。

恐らく、私がこうして電話で抗議してくるのは、彼らからしたら想定内。

私の気持ちを無視してでも、婚約者に会わせようとしているに違いない。

『緑川先生がいらっしゃらないのなら、その場にいる方とお食事をしてきてください』

何も言わなくなった私に対し、坂本さんは業務連絡みたいに淡々《たんたん》と告げる。

『伊緒里お嬢さん。貴女《あなた》が就職する際に取り決めた約束を思い出してください。貴女《あなた》が働きたい、一人暮らしをしたいと言い出したとき、先生はちゃんと条件をつけましたよね？』

「……っ」

『貴女《あなた》は先生との約束を守るべきです。ここ最近、仕事が忙しいという理由で婚約者である廣渡《ひろわたり》氏からのお誘いを全て断っていたそうじゃないですか。それでは、廣渡家から文句が出るでしょうし、瀬戸家も面子《メンツ》が立ちません』

おわかりですね、と坂本さんは諭《さと》す口調で静かに言う。その言葉の端々《はしばし》に「異論は認めません」との感情が見えた。

『瀬戸家の掟《おきて》。お忘れではありませんよね？　貴女《あなた》は先生に交換条件を提示してきたのですから。先生が貴女《あなた》の願いを叶えてくださっているということをお忘れなきよう』

それだけ言うと、坂本さんは通話を切ってしまった。ツーツーという無機質な電子音が聞こえる。

私は小さく息を吐き出しながら、鞄《かばん》に携帯電話をしまい込んだ。

彼が言っていた〝瀬戸家の掟《おきて》〟とは、瀬戸家の人間が守らなければならない決まりを事細かく示したもので、その一つが『男子は政治の道に進み、女子は瀬戸家を守るために家が決めた者と結婚をする』というなんともはた迷惑で時代錯誤《さくご》なものである。

兄はこの掟《おきて》に則《のっと》って政治の道に進んでおり、私には家が用意した男性との結婚が待っている……

本当は大学卒業と同時に結婚という話だったのを、必死に説得して期限を延ばしているのだ。

しかし、就職して二年。二十四歳になった。そろそろ我が儘《わがまま》は通用しなくなる。

私は婚約者の廣渡さんを見て、盛大にため息を零《こぼ》す。このまま逃げ去ってしまいたいが、会わずに帰るという選択肢は残されていない。

本当に逃げ帰りたい。会いたくないものは、会いたくないのである。

どうにかしてこの縁談を潰《つぶ》す手立てはないかと色々考えたものの妙案は生まれず、ノラリクラリと彼からの誘いを躱《かわ》していたのだが……

このまま逃げ帰ったとしたら、父はさらに強引な手段に出てくるはずだ。

そうなってしまえば、私に逃げ道はない。自由もない。〝ないないづくし〟の花嫁街道まっしぐらである。

ここは一つ、少しでも結婚時期を遅らせるため、廣渡さんに会って、相手の出方を窺《うかが》おう。

私は重い足取りで彼に近づき、ため息をつきたいのを我慢して愛想笑いをする。

「ごきげんよう、廣渡さん」

「ああ、伊緒里ちゃん。こんにちは、久しぶりですねぇ」

「え、ええ……スミマセン。仕事が忙しくて」

曖昧《あいまい》に笑ってごまかす私に、廣渡さんは大げさに肩を竦《すく》めた。

「だから、前から言っているでしょう？　伊緒里ちゃん。君は僕の妻となる身なのですから、ＯＬなんてやっていないで、早く我が家に嫁《とつ》いでくればいいのに」

「すみません……どうしても結婚前に社会に出て、自分の足で歩いてみたかったので」

「ふふ、そういうところは君らしいですね。でも、うちのママが早く結婚しなさいと待っているので、そろそろ仕事は辞めて我が邸《やしき》に花嫁修業に来てください」

「っ！」

彼の言葉に、私はゾゾッと背筋が凍ってしまう。強《こわ》ばる顔を無理やり動かして苦笑いを浮かべるこちらには気づかず、廣渡さんは彼の母親の話を続ける。

それに適当な相槌《あいづち》を打ちながらも、私は鳥肌が抑えられなかった。

婚約者の廣渡雅彦《まさひこ》さん、華道の次期家元であり、現在二十九歳。見た目は、なかなかのイケメンである。

少々つり上がった目と薄い唇はクールに見えるし、モデルのようにスラリとしていてプロポーション抜群だ。

日常的に和服を愛用していて、それがまた、よく似合っている。さすがは、和の文化に身を置く人だ。

そんな彼は和風美男子と言えなくもない。

しかし、私はこれっぽっちも彼に魅力を感じなかった。

その理由の一つは、彼が極度のマザコンだからだ。それがどうしても生理的に受けつけられないのである。

廣渡家は瀬戸家の地盤となっている地域の名家なので、私たちの婚姻によりお互いの家を発展させていこうというのが両家の親の狙いだ。

利害関係があるため、私が断固拒否しても破談にはならない。

少しでも結婚の時期を引き延ばす道しか、残されていないのだ。

私が席についてすぐに頼んだ紅茶は、すっかり冷めてしまっていた。

それほど長い時間、廣渡さんの母親自慢に相槌《あいづち》を打っているのだ。

「それでですね。うちのママの料理は格別で！　君にもママの味をしっかり覚えてもらいたいのですよ」

「は、はぁ……」

「そのためにも、早く我が邸《やしき》に来て花嫁修業をしていただかないと。うちのママの足元にも及ばないとは思いますが、僕の妻として少しはうちのママのようにおしとやかで素敵な女性になっていただきたいですから」

永遠と続きそうなその話を制止しようと、私は頬を引《ひ》き攣《つ》らせて話題を変えた。

「あ、あの。廣渡さん。今からお食事に行くと聞いておりましたが……。お時間は大丈夫ですか？」

「ああ、もうこんな時間ですか。すっかり話し込んでしまいましたね。では、行きましょう」

「……はい」

なんとか〝ママ自慢〟は阻止できたが、ここからまた苦行の時間が始まるのかと思うとウンザりだ。

だが、仕方がない。少しでも結婚時期を引き延ばすためには、廣渡さんのペースに合わせる必要がある。

会計を済ませた彼の後ろをついて行き、ゆっくりと歩を進める。そして、エレベーターホールまでやってきた。

私はエレベーターの前に立ちながら、今日何度目かわからないため息をこっそりと吐き出す。

廣渡さんが好んでいるのは和食だ。毎度彼が予約するのは、寿司や天ぷらなどの和食のお店である。

フランス料理やイタリア料理に連れていかれたことはないし、好みを聞かれたことも一度としてない。

マザコンに加え、ナルシスト、尚且つ自分本位の彼とは、死んでも結婚したくないとつい思ってしまう。

どう甘く考えても、私を愛してくれると思えない。

そんな廣渡さんはエレベーターのボタンに手を伸ばし、上の矢印ボタンを押した。

それを見て「おや？」と首を捻《ひね》る。よくよく考えれば、どうして彼はエレベーターの前で立ち止まったのだろう。

このホテルにある和食店は、今いる一階の割烹《かっぽう》料理店一店舗のみ。エレベーターに乗る必要はないはずだ。

まさか、今日は最上階のフランス料理店にでも行くのだろうか。

私はなんとなく嫌な予感がして、廣渡さんに声をかけてみる。

「あ、あの……廣渡さん？」

「なんですか？」

「今日は和食のお店に行かれないのですか？　和食のお店はこのフロアにあるはずです」

割烹《かっぽう》料理店の案内板を指差す私に、彼はフフフと意味深に笑った。

「今日は部屋を取ってあります。そこに料理を運ばせてあるので行きましょう」

「え……？」

まさかの返答に目を丸くしていると、廣渡さんが私の肩を抱き寄せる。

今まで彼が私に触れたことなんて一度もなかった。この行為に驚きを隠せない。

ますます目を丸くする私に、廣渡さんが大げさに驚く。

「何を驚くことがあるのですか？」

「だ、だって……！」

彼と婚約関係になったのは、二年前だ。その後、極力会わないように努力していたとはいえ、何度か食事をしている。

しかし、その食事の間、彼は自分と母親の自慢話ばかりで、私には興味がなさそうだったのだ。

私の身体に触れたのも、今日が初めて。

なぜ、彼はいきなりこんな暴挙に出てきたのか。

意味がわからず硬直していると、彼はクツクツと肩を震わせて笑った。

「僕たちは婚約者同士ですよ？　それも二年も関係が続いています」

「……ええ」

不本意ではあるが、廣渡さんの言う通りだ。

素直に頷《うなず》いた私を見て、彼は満足げな様子になる。

「君のお父様も、そして僕のママも、僕たちが結婚するのを待ち望んでいる」

「は、はぁ……」

その認識も間違ってはいないだろう。だが、嫌な予感しかしない。

後ずさりしたくても肩を抱かれていてできないでいると、廣渡さんは真面目な表情で私の顔を覗き込んできた。

「瀬戸家の掟《おきて》、僕も色々と聞いているのですが、一つ確かめたいことがあるのです」

「確かめたい……こと？」

ますます嫌な予感しかしない。

私が頬を引《ひ》き攣《つ》らせながら聞くと、彼は満面の笑みを浮かべた。その笑みが気持ち悪すぎて、及び腰になる。

怯《おび》える私に、廣渡さんは手で口を隠し肩を震わせて笑い出した。

「ええ。伊緒里ちゃんのお家、結婚するまでは処女じゃないとダメだという決まりがあるのでしょう？」

「っ！」

「そうなのでしょう？　伊緒里ちゃん」

廣渡さんが言う〝瀬戸家の掟《おきて》〟は存在している。

〝結婚をする前の女子の性交渉は固く禁ずる〟というのだ。

しかし、私は別にその掟《おきて》があるから処女を守ってきたわけではない。残念ながら、そういう機会が今まで一度もなかっただけだ。

家の監視下で生活していたので恋人を作ることは不可能だった。男性と話す機会のなかった私が恋をするなんて無理に決まっている。

もちろん、純潔を散らすなどさらに困難だ。

口を閉ざしていると、廣渡さんはフフッと意味ありげに笑った。

「君は処女で間違いないはずだ。そうだよね？　もし、違っていたら君はお父様に叱《しか》られる。勘当されるかな？　格式高い家のご令嬢は、ひと味違いますねぇ」

厭《いや》らしい視線を向ける彼が言っていることは事実だ。

ようやく社会人となり、男性と話せる環境に飛び込んだのに、そのときには家が用意した婚約者がいた。

それを無視して恋人を作るなど、私にはできない。恋人の存在を父が耳にしたら……その男性に色々な制裁を加えるだろう。

他人に話せば「何をそんなバカなことを」と失笑されてしまうかもしれないが、うちの家はやるだろう。

それが、瀬戸家だ。

それに、もし私が他に恋人を作ってこの婚約を破談にした場合、痛手を負うのはうちの家族だ。古くさい考えを押しつけてくる父や母、そして兄だが、私にとっては大事な家族。

こちらから破談にはできない。

未だに何も言わない私をジッと見つめていた廣渡さんだったが、腰を屈《かが》めて私の耳元で囁《ささや》く。

「でも、本当ですか？」

「え？」

意味がわからず反応した私の肩を、彼は引き寄せる。

そして、とんでもないことを言い出したのだ。

「伊緒里ちゃんは、本当に処女なのですか？」

「は……!?」

ストレートすぎる問いに、思わず声を上げた。

そんな私を見て、廣渡さんは真剣な面持《おもも》ちでより強く私の肩を抱き寄せる。

彼から香るのはお香だろうか。和の香りは嫌いではないが、廣渡さんの香りだと思うと嫌いになりそうだ。

慌《あわ》てて彼の腕から逃げようとしたのだが、グイッと力強く戻された。

「っゃあ！」

「伊緒里ちゃんは、僕のお嫁さんになるのですよ？　これぐらいで恥ずかしがっていてどうするのですか？」

恥ずかしがっているのではない。嫌がっているのだ。

だが、自分を嫌うはずがないと思い込んでいるナルシストに、私の気持ちなど伝わるわけがない。

嫌悪感と一緒に恐怖も押し寄せてくる。震えている私に、廣渡さんは小さく笑い出す。

「ママがね」

「え？」

「確かめてこいって言うのですよ。伊緒里ちゃんが処女かどうか」

「は……？」

何を言い出したのか、この男は。

今までも充分理解不可能なことを言ってはいたが、さらに不可解な言葉が飛んできた。

唇を戦慄《わなな》かせている私に気がついていないのか、彼はクスクスと楽しげに笑う。

「僕にはね。こんなに初心《うぶ》で男に免疫がなさそうな伊緒里ちゃんを見れば、処女だって丸わかりではあるのですけどね」

そうだ、そうだ。その通りだ。私は必死に何度も首を縦に振る。

処女か、処女じゃないか。その辺りのデリケートな部分を人様に伝えたくはない。

だが、今、しっかりと伝えておかなければおかしなことになりそうだ。それを肌で感じる。

私は必死に廣渡さんの言葉に頷《うなず》いたのだが、それで事《こと》は収まってはくれなかった。

「でもね、ママが言うのですよ。処女じゃないなら、遊びまくっている女だから結婚はやめた方がいいって。だから、伊緒里ちゃんが処女かどうか、確認をしなくちゃいけないと思うのですよ」

「えっと……大丈夫です。私、男の人と付き合った経験はないですし」

恥を忍んで言い切る。そうでもしなければ、処女かどうか確認をされてしまう。

どんな方法で確認するのかはわからない。いや、わかりたくもない。

今は恥ずかしがっている場合じゃない。とにかく私の身体に男性が触れた過去はないという事実をアピールするべきだ。

このままでは、結婚する前にマザコン男に押し倒されて抱かれる。それだけは、絶対に、絶対に嫌だ！

私は、「うふふ」と上品に笑ってごまかす。だが、そんな私を見て廣渡さんは口角を妖しげに上げた。

「どうせ、僕と結婚すればセックスするのですし。処女を今、僕が奪っても構わないでしょう？」

「か、か、構いますよ。廣渡さんは、瀬戸家の掟《おきて》をご存じなんですよね？　清い身体のまま嫁《とつ》ぐという決まりなんです。結婚前に性交渉は、ちょっと……」

なんとか思いとどまらせようと必死になるが、彼はしつこい。ママの言いつけを守ろうと必死の様子だ。

「でも、本来ならすでに僕たちは結婚しているはずだったのです。あのとき結婚をしていればとっくの昔に伊緒里ちゃんの処女は僕がいただいていた。だから、伊緒里ちゃんのお父様も許してくれるでしょう。なんと言っても、二年前婚姻を結ぶ予定だったのに、瀬戸家のお願いをうちが聞いてあげたのですから」

「っ！」

それを言われると、正直痛い。グッと押し黙る私に、廣渡さんは強気の姿勢を見せる。

「これ以上、廣渡家は瀬戸家を待てません。きっと伊緒里ちゃんのお父様も僕と君の子供を早く見たいと思っているに違いない。少しぐらい早くなったって、誰にも文句は言わせませんよ」

「……っ！」

「僕が言わせない」

廣渡さんの目は真剣だった。冗談の欠片《かけら》もない。

これは絶体絶命の大ピンチだ。

なんと言っても〝ママの命令〟に逆らえる彼ではない。

とにかく私は彼から逃げることを考えよう。そして、何がなんでも破談にしてやる。

家を困らせたくないと、ここまでどうにかやり過ごしていたが、やはり無理なものは無理なのだ。

それに、今回の廣渡さんの問題発言を知れば、父も考え直してくれる可能性がある。

マザコン男に一生を捧《ささ》げるなんて、絶対に嫌だ。ついでに、息子がかわいくて仕方がないと思っている義母のもとに行くのも死んでもお断りである。

ポーンとエレベーターの到着を知らせる音がホールに響く。ゆっくりと扉が開くと、「さぁ、行きましょうか」と廣渡さんが私の背中を押してきた。

このままエレベーターに乗り込んだら、最後だ。客室フロアはこのロビーに比べて人気《ひとけ》がない。

そうしたら、助けを乞《こ》うことは不可能。今しかない。

意を決して廣渡さんに体当たりをすると、彼に隙が生まれた。今だ！

私は一目散にロビーへ走る。フロアは毛足の長いフワフワの絨毯《じゅうたん》で覆《おお》われているため、ヒールの高い靴では走りにくい。ただ、足音を気にすることなく小走りできる。

今の私は、足音にまで気を回せない。

ロビーを突き抜け外に出て、ロータリーで待機しているであろうタクシーに飛び乗ろう。

けれど、足がもつれる。気ばかりが焦《あせ》って身体がうまく動かない。

「伊緒里ちゃん、待ちなさい」

廣渡さんが、こちらに向かって走ってくるのが見えた。

ようやくロビーまでたどり着き、タクシーが停まっているであろうロータリーまであと少し。

ここで捕まってしまうのか。

(もう、ダメだ!!)

目を瞑《つむ》ろうとしたその瞬間、誰かにぶつかった。

このままでは、廣渡さんに捕まる。絶望する私の頭上から聞き覚えのある声がした。

「何を鬼ごっこしているんだ？　伊緒里嬢は」

「え？　上総くん!?」

慌《あわ》てて見上げたそこには、幼なじみの上総くんがふてぶてしい顔で立っていたのだ。

彼の秘書である井江田《いえだ》さんも一緒にいる。

彼も私と面識があるため、私の姿を見てメガネの奥の目を見開いていた。

二人がスーツ姿でここにいるということは、このホテルで商談をしていたのかもしれない。

こちらを見て顔を顰《しか》めている上総くんを、私はじっと見つめる。相変わらず誰もが振り返るほど格好いい。

仕立てのいいオリエンタルブルーのスリーピーススーツを悔しいほど素敵に着こなしている。

スポーツ万能な彼の身体は、しなやかで尚且つほどよく筋肉がつきとてもキレイだ。

意思の強そうな瞳、形のいい唇、眉もキリリとしている。緩くウェーブがかかった黒髪は、後ろに流されていた。

二年経ってますます大人の色気を感じる。

女性たちの視線があちこちから飛んでくるのも、いつものことであろう。彼は慣れきった様子で涼《すず》しげな顔だ。

現在二十九歳の彼は経済界の重鎮《じゅうちん》と言われる祖父を持つ、世界屈指の貿易会社の御曹司だ。

有名大学卒業後、アメリカでＭＢＡを取得。最近までニューヨーク支社で働いていたのだが、つい先日帰国したと彼の母親から聞いていた。

久しぶりの再会が、まさかこんな状況でとは……ばつが悪いこともあり、つい険のある言い回しをしてしまう。

「なんでこんなところに上総くんがいるの!?」

「それはこちらのセリフだな。二年ぶりに会う人間に対して、失礼なヤツだ」

フンと鼻で笑ってあしらう様子が、また私の怒りを煽《あお》る。

それにしても、私を見るなり顔を顰《しか》めるのはやめていただきたかった。

今日は私にとって厄日《やくび》らしい。

世界一会いたくない男と、世界一いけ好かない男。曲者《くせもの》二人にこんな短時間で会うなんて。

上総くんの腕の中に飛び込む形になっていた私は、慌《あわ》てて彼から離れようとした。そこで背後から廣渡さんに声をかけられ、そのまま硬直する。

「伊緒里ちゃん、逃げても無駄ですよ」

「っ！」

上総くんの腕の中で身体が震える。

その状態で廣渡さんに背中を向けていると、彼は私の肩に触れてきた。

その瞬間、身体中に鳥肌が立つ。嫌悪感しかない。触られるだけでも嫌だ。

慌《あわ》てて肩に乗っていた廣渡さんの手を払ったが、これからどうしようと不安が押し寄せてくる。

このまま廣渡さんのもとに戻されれば、ホテルの一室で抱かれてしまう。そんなのは絶対に嫌だ。断固拒否である。

だが、もし今、なんとか逃げ切ったとしても、いつ彼に押し倒されて処女を奪われるかわかったものじゃない。

そんな事態になれば、即結婚だ。

だが、これほどまでに嫌悪感を抱《いだ》くようでは、結婚なんてできるわけがない。

新婚生活初日から破綻《はたん》するのは目に見えている。いや、考えただけでおぞましい。

そんなふうに震えていると、頭上から「伊緒里?」と上総くんの声がした。

彼の顔を見上げると、眉間《みけん》に皺《しわ》を寄せてこの状況を不審がっている。

いつもの私なら、こんなふうに長い間彼の腕の中にいるなんて考えられない。

だからこそ、上総くんも私の行動に驚きを隠せないのだと思う。

何も言い出さない、そして動き出さない私に対して廣渡さんが焦《じ》れてきた。

「伊緒里ちゃん、早くその男性から離れなさい。彼に失礼でしょう」

確かに、見知らぬ誰かの腕の中にずっといるのは失礼だろう。しかし、私と彼は犬猿の仲とはいえ、昔からの知り合いだ。

かつて私は上総くんを兄同然に慕《した》っていたのである。あの頃ならば、こんなふうにくっついていてもおかしくはなかったかもしれない。

「伊緒里?」

上総くんも何やら思うところがあったのか、小声で私に問いかけてきた。

年上らしく、心配そうな表情で見つめてくる上総くん。そこには、昔の面影《おもかげ》が見え隠れしている。

昔、慕《した》っていた彼がそこにいるように感じて、私は後先考えずに口走っていた。

「ごめんなさい。この人……私の彼氏なんです!」

上総くんの目が大きく開く。彼の驚きに満ちた表情を見て、申し訳なさが込み上げてくる。

だが、背に腹はかえられない。どんな手を使ってでも廣渡さんから逃げ切ってやる。

嘘《うそ》八百を言い出した私に、我に返った上総くんが驚きの声を上げようとした。けれど、それは廣渡さんの声で掻《か》き消《け》される。

「は？　何を言っているのですか、伊緒里ちゃんは」

私は開き直って廣渡さんの方を向いた。そして、自ら上総くんに抱きついて叫ぶ。

「私、家族に内緒でこの人と付き合っているんです！　この人に、何度も抱かれています！」

場の空気がピンと張り詰《つ》めたものに変わった。ここまできたら嘘《うそ》をつき通すしかない。

貞操《ていそう》の危機だ。なんとしてでも乗り切らなければ。

しかし、問題は上総くんだった。彼が「何を言っているんだ？　俺とお前は付き合ってなんかないだろう」などと言い出せばアウトである。

彼にはなんとかこの空気を読み取ってもらい、黙っていてほしい。

いけ好かないが、頭のいい人である。私の発言の意図を汲《く》み取ってくれるはずだ。そう、信じている。

チラリと視線を向けると、上総くんは小さく鼻を鳴らした。どうやら、この茶番に付き合ってくれるつもりらしい。

（ありがとう、上総くん！）

借りを作るのは不本意であっても、廣渡さんとの縁談をご破算にすることが最優先である。

これは賭けだ。ここでうまく嘘《うそ》をつき通せれば、廣渡さんに処女の確認をされることもなく、結婚もしなくてよくなるはず。一石二鳥だ。

知らず知らずのうちに、手のひらに嫌な汗をかいている。ギュッと手を握りしめ、私は真剣な面《おも》持《も》ちで廣渡さんを見つめた。

彼は一瞬驚いた表情になったが、すぐに肩を震わせ始めてクツクツと笑い出す。

ポカンと口を開けて彼を見守る私に、さもおかしそうに指摘する。

「ハハハ、ご冗談を」

「え……？」

呆気《あっけ》に取られていると、廣渡さんは意地悪な表情を浮かべた。

「どう見ても、伊緒里ちゃんは男を知らないでしょう？」

「な!?」

目を見開いた私を見て、彼は口元を着物の袖で隠してクスクスと笑う。そして、肩を竦《すく》めた。

「ママは伊緒里ちゃんが処女かどうか確かめろと言っていましたが、確かめるまでもありませんよね」

それなら確認しないでください、と心の内で悪態《あくたい》をつく。

私が処女だと確信している様子の廣渡さんに反論しようとしたが、そこで私の身体は竦《すく》んでしまった。

廣渡さんが再び私に手を伸ばしたのだ。

このまま捕らえられれば、このホテルの一室で何もかもを奪われる。

誰にも触れられていない身体も、未来も、全部——

もう、ダメだ。ギュッと目を瞑《つむ》ると、目尻に溜まっていた涙が零《こぼ》れ落《お》ちそうになった。

身体を硬直させて地獄へのカウントダウンを始めた私だったが、ふいにぬくもりに包まれる。

廣渡さんのぬくもりなのかと、恐る恐る目を開く。なんと私は、上総くんに背後から抱きしめられていた。

目の前では、廣渡さんが嫌悪感を剥《む》き出《だ》しにしている。

上総くん、と声をかけようとした私だったが、彼の背後に強引に押しやられた。

チラリと見えた横顔には、営業用の笑みを浮かべている。完璧な御曹司の顔をした彼からは、自信と気品が溢《あふ》れ出《で》ていた。

猫被《ねこかぶ》りがうまい彼ならではの顔だ。親切にも私を救ってくれるのだろうか。

上総くんは、不愉快な様子を隠しもしない廣渡さんに小さくほほ笑む。

「これは、これは。廣渡流、次期家元の雅彦さんではないですか」

「……貴方は？」

「申し遅れました。私、桐生コーポレーション専務をしております。桐生上総と申します」

さりげない仕草でスーツの内ポケットから名刺を取り出すと、廣渡さんに差し出した。

ふて腐れた態度でそれを受け取った廣渡さんに、上総くんは人のいい笑みを崩さない。

「貴方のお父様、家元とは、よくパーティーでお会いしてご挨拶《あいさつ》させていただいております」

「そ、そうでしたか……」

上総くんが自分の父親と知り合いで、何より大手貿易会社の御曹司だと把握《はあく》したのだろう。廣渡さんの表情は、少しだけ柔和《にゅうわ》なものに変化する。

そんな彼の様子を確認し、上総くんは胡散臭《うさんくさ》い恋愛伝道師みたいな表情で指南をし始めた。

「廣渡さん。女性はデリケートなんですよ」

「は？」

「そんなふうに、ストレートに身体を求めては逃げてしまう」

苦虫を噛《か》み潰《つぶ》したような表情の廣渡さんに、上総くんは得意満面な様子だ。

その独壇場を見ていた私に、彼は一瞬視線を向けてきた。

どうしたのかと首を傾《かし》げると、上総くんは再び廣渡さんに視線を戻す。

「押してダメなら、引いてみる。引いてダメなら、押してみる。恋愛の鉄則ですよ。こんなふうに油断しているところを突いたりしてね」

上総くんらしいプレイボーイな発言だなぁと暢気《のんき》に構えていた私は、そこで大いに慌《あわ》てた。

急に振り返った彼に腕を掴まれたと思ったら、そのまま引き寄せられ、そして——

「ふっ……んん!!」

唇に柔らかく温かい何かが触れている。

これはもしかして、もしかしなくても……上総くんの唇？

生まれて初めての体験に、頭の中が真っ白だ。

目を見開いたまま、それもホテルのロビーのど真ん中でのキス。家が決めた婚約者の前で、犬猿の仲の男と。

このとんでもないシチュエーションに、私の頭からは言葉が消え失せた。

ゆっくりと唇が離され、上総くんと視線が絡み合う。

ここまでの流れで、私の現在の状況を彼は把握《はあく》しているだろう。もしかしたら嘲笑《あざわら》われるかもしれないと、最初は怖かった。

しかし、上総くんに私をバカにしている様子はない。むしろ、どこか心配そうにしているように感じるのは気のせいだろうか。

「――失礼」

上総くんの言葉で、ハッと我に返る。それは目の前でキスを見せられていた廣渡さんも同じだったらしい。

廣渡さんが何かを言う前に、上総くんは私の腕を掴み颯爽《さっそう》とその場を後にする。

彼に引きずられてホテルを出ると、ロータリーに横付けされた車があり、運転手が私たちを見てドアを開けてくれた。どうやら、上総くんが所有している車らしい。

躊躇《ちゅうちょ》している私を、彼は強引に後部座席に押し込む。

そして戸惑《とまど》っている私の横に乗り込み、運転手に「出して」と言って座席に背を預けた。

運転手は小さく頷《うなず》いて、車をゆっくりと発進させる。

呆気《あっけ》に取られていた私だったが、ようやくこの状況を理解して我に返った。

咄嗟《とっさ》に出た言葉は、「秘書の井江田さん、置いてきて大丈夫!?」だ。それを聞いた上総くんはプッと噴き出した。

「第一声がそれかよ。相変わらず優等生なんだな」

「だ、だって！　置いてきちゃったのよ？　申し訳ないわ！」

むきになって言う私に、彼は鼻を鳴らす。

「井江田は大丈夫だ。今、あの男の処理に動いているだろう」

そして、ふぅと息を吐く。その様子に私は黙り込んだ。

上総くんの秘書、井江田さんにもだし、何より上総くんに迷惑をかけている。それを思うと、居たたまれない。

身体を小さく縮こまらせていると、再び上総くんが口を開いた。

「さっきのあの男……」

「え？」

「お前の婚約者なんだろう？　また、癖の強いヤツが選ばれたよなぁ」

それはうちの両親——特に父親に言ってほしい。私は力なく頷《うなず》く。

上総くんも言っているが、廣渡という男は本当に癖が強い。

見目は和風美男子といった雰囲気なので、お弟子さんからの人気は高いと聞いたことがあるが、蓋《ふた》を開けてみれば自意識過剰のナルシストの上、お母さん命のマザコンなのだ。

穏便に婚約破棄をしたいと何度か父に訴《うった》えたこともあったが、聞き入れてはくれなかった。

どうにかして政略結婚を白紙にできないか、考えているだけで何もしていなかった。そのツケが、回ってきたのだろう。

まさか、私に触れる素振りもなかった廣渡さんが、処女かどうかを確認しようとするなんて想像すらしていなかった。

それもこれも全部廣渡さんのお母さんのせいだ。自分の息子がかわいくて仕方がないのなら、嫁を迎えようなんて考えなければいいのに。

際限なく不平不満が出てきそうで、私は慌《あわ》てて口を噤《つぐ》む。その代わりに、上総くんに謝罪した。

「上総くん、ごめん。私の個人的なことに巻き込んでしまって」

何も言わない彼の横顔を見て、申し訳なさに頭が垂れる。

今回の件については、上総くんに関係がないことだ。

勝手に私の恋人に仕立てられ、何度も抱かれているなんて大嘘《うそ》をつかれた。彼が怒っても仕方がない。だけど……

疲れた様子で流れる車窓の景色を見ている上総くんに視線を向け、私は唇を尖《とが》らせた。

「申し訳ないと思っているけど……どうしてキ、キ、キスしたのよ！」

今回彼を巻き込んでしまったのは、本当に申し訳ないと思っている。だが、先ほどのキスの件は別だ。

話の流れから仕方がなかったのかもしれないが、ホテルのロビーのど真ん中、それも周りに人がたくさんいた。

そんな場所でキスする必要が本当にあったのだろうか。

いや、ない。絶対に必要なかったはずだ。

今回上総くんには助けられたけど、キスについては反論したい。

ムッと頬を膨らませていると、彼はチラリと私を見て意地悪く笑う。

「なんだよ、伊緒里。お前は俺のキスより、マザコン男とセックスしたかったのかよ」

「うっ……」

それを言われると何も言い返せない。言葉に詰《つ》まっている私を、上総くんはフフンと嘲笑《あざわら》う。

「どう考えても、俺とのキスの方がいいだろう？」

「……っ」

「しょうがなく助けてやったんだから、ブツブツ文句を言うな。キス一つぐらいで」

「キス一つぐらいですって⁉」

けれど、この言葉にはカチンときた。

彼みたいに女をとっかえひっかえしていそうなリア充男にとっては、キスなんてどうってことないのだろう。

軽い挨拶《あいさつ》なのかもしれない。

だけど、私にしてみたら違う。

キスは愛を伝える大事な儀式だ。とても大切にすべき行為の一つだと考えている。

上総くんの言い分には納得がいかない。

それに彼にとっては、数あるうちの〝キス〟なのだろうけど、私にとっては後にも先にも、一生に一度しか経験ができないファーストキスだったのだ。

そんな軽はずみな扱いされたら納得できない。

怒りに身体を震わせていると、隣に座っていた上総くんが不思議そうな表情になった。

「何をそんなに怒っているんだ？」

その発言。火に油を注いでいるというのに、どうして気がついてくれないのか。

しかし、あまり反発していると、先ほどのキスが私のファーストキスだとバレてしまう。それは嫌だ。

この年までファーストキスを守っていたと知れば、彼はきっと腹を抱えて笑うだろう。

そんな屈辱、受けたくはない。

「さすがは堅物優等生、伊緒里だ」なんて言ってバカにされそうである。

それが予想できるからこそ、絶対彼には知られたくないのだ。

言いたいことをググッと呑んで怒りに震えている私を見て、上総くんはますます不思議そうな顔をする。

だが、すぐに呆《あき》れた表情に変わり、バカバカしいといった様子で肩を竦《すく》めた。

「まぁ、いい。とりあえず、桐生の家に行くぞ」

「え？　上総くんの実家？」

このまま瀬戸家に送り届けられるか、私のマンションにでも行くのかと思っていた私は、驚きの声を上げる。

そんな私を見て眉を上げた上総くんだったが、すぐに視線を逸《そ》らした。

「ああ。伊緒里のことは、母さんから色々聞いてはいた」

「あ……」

上総くんのお母さん、真美子《まみこ》さんと私は昔から仲がいい。

上総くんの家、桐生家の子供は上総くん一人。そのせいか、真美子さんは昔から私をかわいがってくれているのだ。

今も定期的に連絡を取り合っていて、最近の話題はもっぱら私の結婚についてだった。つまり、真美子さんは何もかもを知っているのである。

そして、私の現状を心配してくれているため、息子の上総くんにも話していたのだろう。

だからこそ彼は、あの状況で何もかもを理解して助けてくれたのかもしれない。

「とにかく、家に来い。母さんに相談してみろよ」

「う、うん」

慌《あわ》てて返事をした私を見ることもなく、上総くんは再び車窓の外に視線を向ける。

相変わらずの塩対応だ。それは、私の態度も同じではあるのだが……なんだか少し寂しく感じるのは気のせいだろう。

ふと、ロビーでの一件を思い出し、唇に触れてみる。

未だにあのときの熱と感触が残っていて、顔が熱くなってしまう。

(あ……そういうことか)

私は納得して俯《うつむ》く。どうして上総くんの塩対応に寂しさを覚えたのか、理由がわかった。

キスに対しての温度差のせいだ。

私は先ほどのキスに戸惑《とまど》い動揺しているのに対し、上総くんは何事もなかった様子。だから、なんとなく寂しさが込み上げてきたのだ。

ファーストキスだったのに、こうも相手と気持ちの差があるのは、やっぱり悲しい。とはいえ、彼に同じ熱を求めても仕方がないだろう。

私は上総くんに嫌われているのだから。

彼にしてみたら、嫌いな女にキスをして助けてやったという認識のはずだ。

それにしても、いつから上総くんは私を避けるようになったのだったか。

何か原因があったかもしれないし、なかったのかもしれない。しかし、いずれにしても現在の私たちの間柄は犬猿の仲で間違いないと思う。

そういえば、私たちの関係がギクシャクし始めてから、父が私の前で桐生家の話をすることがなくなった気がする。

子供たちの関係が悪化しているのをどこかで知って話題に出さなくなったのだろうか。

こっそりと上総くんの横顔を見た私は、また唇を尖《とが》らせた。

助けてくれて嬉しかった、なんて絶対に言ってやらないと心に誓う。そして彼に背を向けて、彼と同じく流れる景色を見つめ続けたのだった。

私たちを乗せた車は桐生家の門扉《もんぴ》をくぐり、広大な敷地の庭をゆっくりと進んでいた。

実家の瀬戸家が純和風とすれば、桐生家は洋風スタイルである。

ローズガーデンのアーチをくぐり、どこかのホテルかと見間違えるほど洒落《しゃれ》た屋敷に車が横付けされた。

上総くんに促《うなが》されて車を降りると、すぐさま昔馴染《なじ》みの家政婦さんが飛び出してくる。

久しぶりに桐生家に顔を出した私を見て歓迎をしてくれたかと思うと、さらに上総くんの母親である真美子さんまで嬉しそうに駆けつけてくれた。

「あらぁ、珍しい組み合わせね」

「こんにちは。突然お邪魔してしまいまして、スミマセン」

「何を言っているのよ、伊緒里ちゃんは。貴女《あなた》なら、いつでも大歓迎よ」

フフッとキレイにほほ笑む真美子さん。相変わらずの美しさに、思わず感嘆のため息が零《こぼ》れる。

ウェーブのかかった栗色《くりいろ》の髪は、彼女の艶《つや》をより際立たせた。

鮮やかな真っ赤な口紅に負けない魅力が彼女にはある。

身体にフィットしたマキシ丈のワンピースを着こなす抜群のプロポーションだ。

真美子さんは五十代後半のはずなのに、どうしてこんなに美しさを保てるのだろうか。

こんな素敵な女性になりたい。そう心から私が思っている女性の一人でもある。

ウットリと真美子さんに魅入《みい》っていると、彼女はニヤニヤとどこか楽しげに笑った。

「いつもいがみ合っている二人が、こうして肩を並べて我が家にいるなんて。何年ぶりかしらね。

「感慨深いわぁ」

シャンデリアや大きな絵画がいくつもあり、この時期には使われていない薪《まき》ストーブがある広々とした応接間だ。そこに案内された私と上総くんを見て、真美子さんはとても嬉しそうにしている。

しかし、残念ながら友情を深めたわけではなく、仲が良くなったというのでもない。

ここに来ることになった経緯を、私からはなんとなく話しにくい。

どうしても上総くんからされたキスを思い出してしまうせいだ。

挙動不審な私に呆《あき》れた様子で、上総くんが小さく息を吐き出した。

「俺から説明する。伊緒里に婚約者がいるってことと、そいつとの結婚に乗り気じゃないということは母さん知っているだろう？」

「それはもちろん知っているわよ。だから、この前上総にどうにかならないかしらねって相談したでしょ？」

「ああ。それで――」

彼は、先ほどホテルであった出来事を順を追って真美子さんに話していく。

すると、最初こそ神妙な顔をして聞いていた真美子さんが、段々と目を輝かせ始めた。

「やだ！　ちょっと、素敵じゃない」

「え？　どこが素敵なんですか!?」

黙っていた私は、すかさず口を挟んだ。

廣渡さんにされたセクハラ紛《まが》いの言動を素敵だとはどう見積もっても言えないと思う。

憤慨《ふんがい》する私に、真美子さんは慌《あわ》てた様子で首を横に振った。

「伊緒里ちゃんの婚約者が素敵って言っているわけじゃなくて。うちの息子が、窮地《きゅうち》に追い込まれた伊緒里ちゃんを助けたんでしょ？」

「えっと……まぁ、はい」

頬を真っ赤に染めて興奮気味に詰《つ》め寄ってくる彼女に驚き、私は返事をする。そこで彼女は立ち上がり指を組んでターンを決めた。

「ああ！　なんて素敵なのぉぉぉ！　ドラマや映画の世界じゃなーい！」

クルクルとターンをしながら、ついに感涙にむせび始めたではないか。慌《あわ》てる私に、上総くんが「聞き流せ」と言ってくる。

だが、その言葉が真美子さんの耳に入ってしまった。

「何か言ったかしら？」

威圧的な態度の彼女に、上総くんはそっぽを向いて無言を貫《つらぬ》く。

母親に逆らうと後々大変なことになるとわかっているのだ。さすがは息子である。

無視を決め込む彼を鼻であしらい、真美子さんは悶《もだ》え始めた。

「あー、もう！　私もその場所にいたかったわぁ。誰か録画してくれていないかしら。防犯カメラをチェックさせてもらうとか？」

勘弁してくれ、と頭を抱える上総くんを見て、私も大いに慌《あわ》てる。

真美子さんは、やると言ったら本当に実行に移す人だ。

どうやって彼女を諦《あきら》めさせるか。私は必死に考えつつ、上総くんに視線を向けた。

彼も母親の暴走をどう止めようか考えている様子だ。

だが、残念なことに真美子さんを止める術《すべ》は見つからない。

この桐生家の陰のボスである彼女は、大企業の社長である上総くんのお父様であっても止められないのだ。それを、小さい頃からかわいがってもらっている私はよく知っている。

無理やり止めようとすると、墓穴を掘る可能性が高い。

一番彼女に知られたくないのは、上総くんに強引にキスをされたことだ。

日頃より、『そんな婚約者、さっさと切っちゃって、うちのバカ息子にしない？』と本気なのか冗談なのかわからないことを言っている真美子さんの耳に入ったら……恐ろしい未来がやってくる。

ここは静かに彼女の熱が冷めるのを待つのが得策だ。

しかし、そこで上総くんの秘書、井江田さんが笑いながら応接間に入ってきた。

私が頭を下げると、にこやかにほほ笑んで指で丸を作る。どうやら廣渡さんの件をうまく処理してくれたらしい。

ホッとしたのもつかの間、彼はとんでもないことを言い出したのだ。

「ハハハ、奥様。私はその場にいたのですが、残念ながら動画を撮り忘れておりました」

「あら、井江田くん。そんな素敵なシーンは、しっかり撮っておいてくれなくちゃ」

「申し訳ありません。ですが、私はいいモノを見てしまいましたよ」

ニヤリと笑う井江田さん。その様子を見て、上総くんは慌《あわ》てた様子で立ち上がった。

だが、井江田さんが満面の笑みで言い放つ。

「上総さんが、伊織里さんにキスをしているところを」

「まぁぁぁぁぁ!!」

私と上総くんの顔を交互に見て、歓喜の声を上げる真美子さん。

上総くんは「好きにしてくれ」とばかりに肩を落とし、一方の私は恥ずかしさのあまり彼女から顔を背《そむ》けた。

一番知られたくない、知られてはマズイことが真美子さんの耳に入ってしまった。

井江田さんに恨みごとを言いたいところではあるが、廣渡さんとの後処理をしてくれた手前、文句をつけられない。

ただ、羞恥《しゅうち》に耐えていると、真美子さんが突然ポンと手を叩《たた》いた。

「ほら、やっぱり。上総と伊織里ちゃんが結婚しちゃえばいいのよ」

「は？　何言っているんだ！」

大声で反論する上総くんに、彼女は冷ややかな目を向ける。

「貴方こそ何を言っているのかしら、このバカ息子は。結婚前の女性に手を出しておいて、よくもまぁ平気な顔をしていたわね」

「っ……手を出したなんて人聞きの悪い、手助けしただけだ」

「ふーん、手助けねぇ。アンタの口をもってすれば、キスしなくたって伊織里ちゃんの窮地《きゅうち》を救えたんじゃないかしら？」

「っ！」

確かに、真美子さんの言うこともわかる。

上総くんは昔から聡明で、口も達者だ。だからこそ、大企業の第一線で活躍できている。

彼にかかれば、あの場面でもっと違う手が打てたはずだ。

けれど、上総くんはフンと鼻を鳴らしてそっぽを向いた。

「うるさい。あのセクハラ男がむかついたからひと泡ふかせてやろうと思っただけだ。伊緒里のためじゃない」

キッパリと言い切る彼は、なんだかちょっと頬が赤い気がする。

恐らく、廣渡さんのセクハラぶりは、上総くんにとっても目に余るものだったのだ。

昔は仲が良かった私のことを、彼なりに考えてくれた結果なのだと思う。

（……仕方がない。キスのことは許してあげよう）

そんなふうに思った矢先だった。真美子さんが、私のトップシークレットを口走ってしまう。

「何を言っているのよ。伊緒里ちゃんは、アンタとのキスがファーストキスだったのよ！」

「真美子さん!!」

立ち上がって真美子さんの口を手で塞《ふさ》いだのだが、すでに遅い。上総くんが目を丸くして固まっている。これはバッチリ真美子さんの問題発言を聞いてしまったようだ。

頭を抱える私を、彼は唖然《あぜん》とした様子で見つめた。

「瀬戸家の掟《おきて》は聞いたことがあるし、あのセクハラマザコン男も言っていたから処女だとは思っていたけど……マジかよ」

「……っ」

恥ずかしくて居たたまれなくなる。

この場から逃げ出したいのに、真美子さんに腕を掴まれていて身動きが取れない。

「あ、あの……真美子さん。私、これで失礼」

彼女は私をガッシリとホールドすると、妖艶《ようえん》な笑みを浮かべる。

その笑みはキレイなのに、背筋が凍るほど恐ろしい。

抵抗するのは無理だと悟る私と、未だに唖然《あぜん》としている上総くんに、彼女は言い放った。

「貴方たち、このまま結婚しちゃいなさい」

「っ！」

「何を言い出すんだ！　母さん」

驚きすぎて言葉が出ない私に代わり、上総くんが反論してくれる。だが、真美子さんは上総くんをギロリと鋭い視線で睨《ね》めつけた。

「清いままの伊緒里ちゃんに手を出したのは誰？　マザコン婚約者じゃなくて、アンタよ、上総」

「……っ」

「今から瀬戸家に出向いて、責任を取って伊緒里ちゃんを嫁に貰いたいとお願いしていらっしゃい!!」

般若面《はんにゃめん》のような形相の真美子さんに、上総くんと私は猛抗議する。

「ちょっと待て、母さん。なんで伊緒里と結婚なんていう話になるんだ？」

「そうですよ、真美子さん！　私、上総くんと結婚するなんて無理です！」

「あぁ？　こっちだって願い下げだ」

「私だって！」

犬猿の仲らしいやり取りを繰り広げると、真美子さんがテーブルをダンと勢いよく叩《たた》いた。

目を丸くして口を閉ざした私たちを、ギロリと睨《にら》み付《つ》け腕組みをして顎《あご》をしゃくる。

一気に周りの温度が下がった。私はゴクンと生唾を呑み込む。

「じゃあ、伊緒里ちゃんはこのままマザコン男と結婚しなさい。そして、上総。アンタは見合い決定」

「な……それは、ちょっと!!」

「なんで俺まで、伊緒里のとばっちりを!!」

ギャンギャン再び抗議を続ける私たちを、真美子さんは耳を押さえて「うるさい！」と一喝《いっかつ》する。

「じゃあ、こういうのはどう？　上総」

「は？」

「伊緒里ちゃんとマザコン男との婚約を解消させることができたら、貴方に来ている縁談を全部白紙にしてあげる」

真っ赤な口紅を塗っている真美子さんの口角がクイッと上がる。それを見て、上総くんは身を乗り出した。

「本当だな！　二言はないな⁉」

「ええ。約束してあげるわ」

大きく頷《うなず》く真美子さんを見て、やる気をみなぎらせている。

私の縁談を潰《つぶ》してくれるのなら、それほどありがたいことはない。

今日の出来事で、廣渡さんと夫婦になるのは生理的に無理だとわかった。だからどんな形であれ、婚約破棄ができる話には乗ってしまいたい。

しかし、上総くんにはあまり頼りたくないし、関わりたくもなかった。それは、私だけではなく上総くんもだろう。

それでも、真美子さんの挑発に乗ったということは、彼はかなりの数のお見合いを打診され、それを煙《けむ》たがっているに違いない。

彼は、所謂《いわゆる》ハイスペックな御曹司だ。見目もよければ、頭もいい。もちろん、仕事もできるらしい。

人当たりもいいし、彼に接したことがある人は口を揃えて「優しく聡明で素敵な人だ」と言う。

違う顔を見せるのは私にだけなのだ。よほど私が気にくわないに違いない。

そんな相手に婚約破棄の手伝いを頼んだら、末代まで恩を着せられそうだ。それは避けたい。

当《あ》たり障《さわ》りなく逃げよう。それがいい。そうしよう。

私は上総くんにもう一度考え直した方がいいと言おうとした。けれど彼は真剣な面持《おもも》ちで私に言う。

「共同戦線を張るぞ、伊緒里」

助けを求めて真美子さんに視線を向けても、当然、美魔女な彼女は意味深にほほ笑むだけ。助けてくれるつもりは毛頭なさそうだ。

そもそもこの提案は彼女が言い出したのだから、助けてくれるはずがない。

こうなったら開き直ろうと、私は腹を決めた。

マザコン男との縁談を破談にしたい私。そして、見合いにウンザリな様子の上総くん。

とにかく自由になりたいと思っている二人の意見は一致している。

期間限定で、目的達成のためにタッグを組むのもいいかもしれない。

私は諦《あきら》めに似た気持ちを抱きつつ、「わかったわ」と承諾の返事をしたのだった。

2

「それで、どうして私の部屋に来る必要があるの？　理由を教えて！」

現在、私が住む1LDKのマンションに、なぜか上総くんと彼の秘書である井江田さんがいた。

彼ら二人に促《うなが》されるまま部屋に通してしまったのだが、どうしてこんな事態になっているのか。

この部屋は、私がお一人様を楽しみ、仕事の疲れを癒《い》やす大切な空間だ。

ベージュを基調にナチュラルテイストの家具で統一し、私の好きなモノをギュッと詰《つ》め込んでいる。

そんな、ゆったりとした時間を満喫《まんきつ》できるはずの部屋なのだが、今はのんびりなどしていられない。

私は背伸びして上総くんを睨《にら》み付《つ》けた。

しかし、上総くんからの反応は特になし。私はふくれっ面を引っ込められなくなる。

桐生家を訪れたあと、利害が一致した私と上総くんは共同戦線を張ることになった。

そこまでは納得している。だが、どうして私のマンションに二人が来る必要があるというのか。

そこが理解できない。

男性を一度も上げたことのない我が部屋に初めて入る男性が上総くんだなんて。

思わぬ事態に戸惑《とまど》う。

しかし、そんな私の気持ちなど理解していないだろう彼は暢気《のんき》なものだ。

マイペースに部屋を見回し続けている。

井江田さんはベランダに出て何かを確認したあと、私の部屋を出ていった。

二人きりになったマンションの一室。上総くんを意識してしまい、私はドキドキが止まらない。

挙動不審の私に比べ、上総くんはやはり気楽だ。

「伊緒里の会社からも近いし、なかなかいい所だな」

「まぁね……。って、上総くん。あんまりジロジロ見ないで!!」

私の注意にも、彼は聞く耳を持たない。

レースのカーテンを開き、窓を開けた。気持ちのいい風が部屋にそよいでくる。

五月の風は、すっかり初夏めいている。

上総くんはそのままベランダに出ると、井江田さんがしていたようにマンション周辺の風景を見つめた。

「緑地公園に近いんだな」

「……うん」

私もベランダに出て、彼の隣で眼下を見つめる。

築十年、五階建てのマンションは大通りに面しており、最寄り駅からのアクセスも抜群にいい。

大通りを挟んで向こう側には、緑豊かな公園が広がっている。なかなかの広さを誇るその公園はジョギングをする人たちもいるし、日中は子供連れのママさんたちの憩《いこ》いの場にもなっているようだ。

たくさんの桜の木が植わっており、お花見シーズンになると満開の桜を堪能《たんのう》できる。

そこで花見をする人たちも多く、桜の木の下で宴会をしているのを何度か見たことがあった。

それに、辺りを一望できる高いシンボルタワーもある。遊具の一つとして、螺旋《らせん》階段のついた展望台があるのだ。

そんななかなか大きな公園なので、休みの日は他県のファミリー層も遊びにやってくると聞いていた。

公園付近には二十四時間営業のスーパーがあるし、ドラッグストアやコンビニ、ファミレスなどの飲食店も多く軒《のき》を連《つら》ねている。

そのため、この辺りはファミリー層がとても多く、比較的安全で、一人暮らしの私にはもってこいの場所だ。

とはいえ、OLのお給料で借りているので、狭い1LDKである。

上総くんはその点が気になったらしく、オブラートに包まず遠慮なく聞く。

「それにしても、瀬戸家ご令嬢の部屋としては質素だな」

「質素って言わないでよ。これでも私のお城なの。自力で結構カツカツの生活しているんだから」

「へぇ」

彼が興味深そうに私を見つめているのがわかったが、敢《あ》えてそちらに顔を向けずに公園を見つめたままで口を開く。

「私、本当は二年前に結婚する予定だったんだけど、どうしても独立して働いてみたくて。お父様に無理を言って家を飛び出したの。だから、家からの援助はしてもらっていません」

就職して三年目のＯＬに、そんなに広くて立派なところは借りられない。そう主張すると、上総くんは目を見開いて驚いた。

「へぇ……優等生な伊緒里が珍しい。親父《おやじ》さんの意見に刃向かったってわけか」

「優等生って。私、そんなにイイ子ちゃんじゃないし」

「そうか？　自分の意志を貫《つらぬ》いたから、家に援助はしてもらわない。伊緒里は、そう思っているんだろう。そういうところが優等生だって言うんだよ。大方のお嬢様は、親の脛《すね》をかじりまくっているからな」

「上総くん？」

驚いた。上総くんが、私をそんなふうに言ってくれるなんて思ってもいなかった。

隣に立つ彼に視線を向ける。爽《さわ》やかな風を受け、彼の黒くてキレイな髪がサラサラと揺れた。

端整な横顔は、二年前よりもっと大人びていて男性なんだと強く意識させられる。

ふと薄く形のいい唇に視線が向いてしまい、ホテルでの不意打ちのキスを思い出した。

あの唇の感触が蘇《よみがえ》ってドキドキする。私は、慌《あわ》てて彼から視線を逸《そ》らした。

二人の間に、初夏の色が濃くなりつつあるそよ風が通る。その風を感じながら、私はただ頬を火《ほ》照《て》らせて公園を見下ろす。

しばしの沈黙のあと、上総くんがポツリと呟《つぶや》いた。

「伊緒里は、いくつになっても伊緒里だな」

「え？」

どういう意味だろうか。意味がわからず上総くんに向き直ると、彼は小さく笑う。だが、すぐに唇を横に引いて真剣な面持《おもも》ちになった。

「この部屋、セキュリティはまぁまぁだな」

「え……うん。実家の関係で、セキュリティだけは万全な所を選べって口うるさく言われたから。探すのは大変だったけど」

父は国会議員だ。色々な面で注目され、好奇の目で見られることも多い。危害を加えられる可能性もある。

娘である私も用心するに越したことはない。それは昔から耳にタコができるほど言い聞かされていたので、住居は安全面を重視して決めたのだ。

上総くんは外の様子を見たあと、何も言わずに部屋の中に戻る。

そのピリリとした様子に、私も慌《あわ》てて後に続いた。

部屋に戻った彼は腕組みをして、私に忠告する。

「確かにこの部屋に関してのセキュリティは安心だが、ここまでの道のりが危《あや》ういな」

「え？」

外を指差し、険《けわ》しい顔つきで続ける。

「最寄り駅までの道。確かに大通りに面していて人通りもある。道のりもさほど遠くはなく立地条件はいい」

「そうでしょう！」

自信満々で頷《うなず》く私をチラリと見た上総くんだが、顔は未だに険《けわ》しいままだ。その様子に、私は眉を顰《ひそ》める。

上総くんは窓の外を見て、堅い口調で言う。

「だが、あの公園が気になる」

「え？」

「大通りで犯行に及んだあと、公園へ逃げられたらどうする？」

「どういう意味？」

「犯行のあと容易に姿を隠す場所があるのは、犯人にしてみたら都合がいいだろう。それに、この距離なら木々の間に隠れて望遠カメラを使えば、マンションを監視できてしまう」

「っ！」

「何事にも完璧なんて存在しないものだ。これからは会社の行き帰り、気をつけろよ」

「う……は、はい」

コクコクと何度も頷《うなず》く私に、彼は「さて」と気を取り直したように呟《つぶや》いた。そして、再び窓際に移動する。

またベランダに出るつもりだろうか。首を傾《かし》げていると、私を手招きした。

なんだろう、と不思議に思いながら近づいた私はなぜかいきなり腰を抱かれる。

ホテルで自ら彼の懐《ふところ》に飛び込んだときよりも、密着した状態だ。彼のコロンの香りに加え、熱も、そして感触も伝わって頭が真っ白になる。

「か、か、上総……くん？」

胸がはち切れそうなほどドキドキして苦しい。どうして突然抱きしめてきたのか問いたくて、上総くんを見上げる。

私と目が合うと、彼はなぜか少し目を見開く。その薄い唇が何かを告げようとした。

だが、その声は私には届かない。

そして、上総くんはばつが悪そうな表情を浮かべた。

「さっさと、証拠写真を撮るぞ」

「へ？」

意味がわからず瞬《まばた》きを何度かしていると、上総くんの顔が段々と近づいてくる。あまりの近さに無意識に彼の頬を両手で押さえた。

ムッとした顔になった彼だが、私だって顔を顰《しか》めたい。それでも尚、顔を近づけようとする彼に抗議する。

「ちょ、ちょっと。いきなり何をするつもりなの？」

「何って、証拠写真を」

「だから！　なんのためのどんな証拠写真なのかと聞いているの！」

説明もなく「証拠写真を撮る」などと言われて、「はい。そうですか。どうぞ！」などと返事ができるわけがない。

「説明してよ！　上総くん」

ギャンギャンと喚《わめ》くと、ようやく彼は動きを止めた。

しかし、こちらの気持ちを逆《さか》なでするように、大きくため息をつく。

「恋人らしい様子を写真に撮ってマザコン男に送りつければ、破談に持ち込めるかもしれないだろう？　だからその証拠写真だ」

「……なるほど」

確かにその作戦は有効かもしれない。私はフムフムと顎《あご》に手を触れて頷《うなず》いた。

廣渡さんはかなりプライドが高い人だ。自分ではなく他の男に気がある女には興味がなくなる可能性は低くない。

それに、そんな事態が発覚すれば、彼の母親は黙っていないだろう。

なんと言っても、婚約者である私が純潔を守っているのか確かめろと息子に命令した人だ。

こんな身持ちの悪い女と自分のかわいい息子が婚姻関係を結ぶなんてあり得ないと、絶対に拒否するはずである。

あちらからの婚約破棄ならば、実家にかかる迷惑も小さい。

なかなかに有効そうな作戦だ。何度も頷《うなず》いて納得している私に、上総くんは大通りに面した緑地公園を指差す。

「ほら、あそこに井江田がいるだろう」

「あ、本当だ。井江田さんだ！」

外を覗き込むと、公園のシンボルタワーから井江田さんが手を振っている。手にはカメラを持っているようだ。

先ほど上総くんが危惧《きぐ》していたが、確かにあの場所からなら望遠カメラで盗撮できるかもしれない。改めて恐怖が込み上げ、身体が震えてしまう。

これからはレースのカーテンは必須だな、と改めて心に誓っていると、腰に置かれていた上総くんの腕に再び力が込められた。そして、彼が私に顔を近づけてくる。

「と、いうことで。徹底的にイチャつくぞ」

「え？　ちょ、ちょっと、待ってよ！　イチャつくってどうやって？　どうすればいいの？」

今まで男性とこんなふうに触れ合った経験などない私には、イチャつくとはどうすればいいのかわからない。

とはいえ、女性にモテモテでとっかえひっかえを繰り返しているのであろう上総くんに全てを任せるのは危険が伴《ともな》う。どう考えても貞操《ていそう》の危機だ。

まずは上総くんに落ち着いてもらおうとしたのだが、一喝《いっかつ》されてしまった。

「ごちゃごちゃ、うるさい！」

「うるさいって!!」

勢いに任せて反論する私を、上総くんは睨《ね》めつける。その視線がなかなかに鋭く、私は口を噤《つぐ》む。

「今回のミッションはお前だけじゃない。俺の未来もかかっているんだからな」

「確かに、そうだけど！　でもね？」

「ああ、もう。うるさい！」

「うるさっ……‼」

反論しようとしたのに、彼に頭をかき抱《いだ》かれる。

一瞬、視線が絡み合った。

彼のその情熱的な目に、私の身体が熱を帯《お》びる。

目元が緩んで柔らかな表情になった上総くんに、私の心は打ち抜かれた。

彼に暗示でもかけられたように身動きができない。いや……私の身体が動こうとしなかった。

頭をグイッと強引に引き寄せられ、私の唇が彼の唇に捕らえられる。

「ふっ……っん」

何度も角度を変えては啄《ついば》まれていく。

柔らかく熱を持った彼の唇に、私の唇は抵抗しなかった。

今日二度目の上総くんからのキスだ。それも、どちらも一方的に仕掛けられ、強引に奪われている。

この状況を、私は怒っていいはずだ。このキスにだって抵抗すればいい。

それなのに、どうして私の身体は彼に捕らわれたままなのだろう。

最初こそ強引だったキスは、段々とゆっくりとしたものへ変化していく。甘やかなキスの連続に、私の身体はすっかり彼に従順になっていた。

頭を抱き寄せていた彼の手が私の頬に移る。その間もキスはやまない。

強引にしてきたくせに、どうしてこんなに優しいのだろう。

私の頬を包み込む彼の手は、大事なモノに触れているみたいに慎重で丁寧だ。

愛されているのかも、なんて勘違いしてしまいそうなほど、そのキスは優しい。

それが切なくて、胸がキュンと鳴く。

彼の手が優しく私の頭を撫《な》で、髪の毛に触れる。ショートボブの髪を梳《す》かれると、毛先が頬に当たってくすぐったい。

身を捩《よじ》った私に気がついたのか。ずっと私の唇を啄《ついば》んでいた彼の唇が私の頬にチュッと音を立ててキスしたあと、ゆっくりと離れていった。

「大丈夫か？」

「え？」

上総くんが何を心配しているのか、わからない。だが、フッと身体から力が抜けて崩れ落ちそうになるのを、彼のたくましい腕が支えてくれる。

「あぶねぇ……！」

「ごめん！」

上総くんに縋《すが》った私を、彼はヒョイッと軽々と抱き上げた。所謂《いわゆる》お姫様抱っこだ。

大人になってから、こんなふうに抱き上げられたことなど一度もなかった私は、ただ彼の腕の中で顔を火照《ほて》らせて硬直する。

上総くんはいとも簡単に私を抱きかかえて歩き、ソファーにゆっくりと下ろしてくれた。

放心状態の私に、かなり心配そうな顔をする。

「大丈夫か、伊緒里」

「……ん」

返事に覇気《はき》がなかったので、より不安を植えつけてしまったらしい。

私の隣に腰を下ろしたあと、彼は大きな手で私の頭に触れてそのまま自分に引き寄せる。その拍子に、私は彼の肩にもたれかかってしまった。

ふんわりと彼の男らしい香りが鼻腔《びこう》をくすぐり、ドクンと一際大きく胸が高鳴る。

トクトクと忙《せわ》しなく動く心臓。上総くんに伝わっていなければいい、どうか伝わらないでと何度も願った。

ゆっくりと私の頭を撫《な》でながら、上総くんはなんだかばつが悪そうに言葉を絞り出す。

「……ヤバかった」

「え？」

小さく呟《つぶや》いた彼の声は聞き取りにくくて、私は聞き返す。だが、ボソボソと何か言うだけでその内容は教えてくれない。

もう一度尋ねようとしたのに、いきなり立ち上がって頭をかきむしった。

彼らしくない仕草に、私は目を何度も瞬《またた》かせる。

上総くんは基本、何事もスマートにそつなくこなす人だ。

それは相手が誰であっても、である。

そんな彼なのに、先ほどから挙動不審な行動が目立つ。

どうしたのかと彼を見上げると、私から視線を逸《そ》らして口を開いた。

「とにかく……今撮った写真は、あの男に送りつけておいてやる」

それだけ言うと私の返事を聞く前に、足早に部屋を出ていってしまう。

呼び止める間も与えられず、パタンと玄関のドアが閉まりオートロックのかかる音がした。

「一体……何が起こったの？」

彼がいなくなった部屋。

だが、未だに甘酸っぱい空気が漂《ただよ》っている。

蕩《とろ》けるような甘美な空気に包まれ、恥ずかしさが込み上げた。

この唇は、いずれ政略結婚をする相手に捧《ささ》げるものと諦《あきら》めていた。だけど、こうして予想に反した形で二度も男性とキスをしたなんて……それも相手は、そりが合わず犬猿の仲と言ってもいいほどの男性、上総くんだ。

彼に唇を奪われるとは、思ってもいなかった。

「ファーストキスだけじゃないなんて……」

自分の唇に触れると、先ほどまでの上総くんの唇の熱を思い出して顔が熱くなる。

キスの最中、彼はとても丁寧で優しかった。

だから、キスを拒《こば》めなかったのかもしれない。きっとそうに違いない。

決して私が上総くんに心を許したとか、男性として見たとか、そんな感情は断じて抱いていない。

そうであってほしい。

このキスは、全て私を守るために上総くんがしてくれただけ。そして、彼にとっては煩《わずら》わしい縁談を蹴《け》散《ち》らすためだ。

私と彼の間には、恋愛感情など存在していない。

お互いの利害関係が一致したからこそ、キスをした。それだけだ。

頭ではわかっている。だけど、心がなんだかモヤモヤしてスッキリしなかった。それがどうしてなのか、今の私にはわからない。

ただ、この作戦が成功して廣渡家から破談を申し出てくれるのを祈るばかりだ。

私はゴロンとソファーに寝転び、モヤモヤした気持ちを払拭《ふっしょく》したくて頭を振った。

＊＊＊

「……なんだ？　何か言いたいことでもあるのか？」

伊緒里の部屋から足早に逃げ出した俺、桐生上総は、公園のパーキングに停めてあった車に乗り込んだ。

緑豊かなその公園には、子供たちのはしゃいだ声が響いている。

穏やかな日差しの中、緑深い公園のベンチで寝転がったら、さぞかし気持ちがいいだろう。

しかし、俺は先ほどから自身に向けられる物言いたげな視線を感じている。その視線の主は、先に車に戻っていた井江田だ。

最初はその視線を無視していたのだが、ずっとニンマリとした顔で笑っているのが気になる。

つい我慢できなくて聞くと、彼は先ほど望遠カメラで撮った画像をチェックしながらさらにクスクスと笑った。それも、何やらとても楽しそうだ。

「イチャイチャ、するだけじゃなかったんですか？」

「……っ」

「この作戦を企《くわだ》てているとき、上総さんは伊緒里さんと抱き合ったり顔を近づけたりして恋人同士に見えるようにするから、僕にうまく写真に収めてほしい。そんなふうに言っていませんでしたっけ？」

「……っ!?」

「あれあれ？　おかしいですねぇ。真似事だけのはずだったのに、どう見ても真似事だけじゃ済まされていませんよね？　伊緒里さんに手を出していますよねぇ？」

「……ぐっ」

何も言えない俺に視線を向けて、ニヤリとより口角を上げる井江田が憎らしい。

とにかく押し黙る俺を、ここぞとばかりに責めてくる。

「アングル次第で、うまくキスしているように撮りますからって。僕、言いませんでしたっけ？」

「……っ」

「僕、カメラの腕はなかなかいいんですよ。知っていますよね、上総さん」

「うっ……」

「上総さん？」

「……知っている」

珍しく口ごもる俺を弄《いじ》るのが楽しくて仕方がないのだろう。

井江田は鼻歌交じりに写真データをチェックしていく。

「だから、本当にキスなんてしなくても大丈夫だったんですよ？」

「……ああ」

「上総さんも、伊緒里さんのお部屋に行くまでは、そう言っていたじゃないですか」

確かに彼の言う通りだ。俺は、この作戦を立てているときに、井江田へ「キスをしているマネをする」とはっきりと言った。

そして、逆に口うるさく注意されていたのだ。キスはマネだけで、本気でしてはダメです、と。

伊緒里は、瀬戸家の大事な一人娘だ。

瀬戸家の掟《おきて》というなんとも仰々《ぎょうぎょう》しく時代錯誤《さくご》な決まり事があるにしろ、ないにしろ、現在婚約者がいる相手に手を出していいわけがない。

本気で伊緒里が好きで結婚を考えていなければ、これ以上彼女に手を出してはならないだろう。

あくまでこの計画は、あのマザコン男の魔の手から伊緒里を逃すために行うものであり、そのためには自身の今後の保身も考えなくてはならなかった。

この計画が成功した暁《あかつき》には、マザコン男との婚約を白紙にしたあとで瀬戸家に事情を説明して許しを請《こ》う予定だ。

だからこそ、伊緒里には手を出してはいけない。それは重々承知していたし、間違っても自分が彼女に何かをするとは思えなかった。そういう自信はあったのだ。

しかし、蓋《ふた》を開けてみればどうだ。ホテルのロビーでしたキスは彼女を守ろうとしたのだと言えば道理は通る。

だが、先ほど彼女の部屋でした行為については、言い訳ができない。

伊緒里を窓際に呼び寄せ抱きしめたところまでは、キチンと計画が頭に入っていた。しかし、彼女と視線が絡んだ瞬間、理性がぶっ飛んだのだ。

上目遣いで俺を見つめる伊緒里。それがとてもかわいく見えてしまったのだから、どうしようもない。

昔から優等生で、悪いことをすればすぐに指摘をしてくる委員長気質な彼女が俺は苦手だ。それは今も尚続いていると思っていた。

伊緒里は高校生になった頃くらいから『上総くん、こんなことしちゃダメじゃない！』と常に注意をしてくる、とにかく鬱陶《うっとう》しい存在になっていた。

その上、伊緒里は人の心の奥底を覗くのがとてもうまい。

本性を隠している方が何事も円滑《えんかつ》に進む。そう信じている俺に、よく言ってきたものだ。

『上総くん、そんなに気を張っていて疲れない？』

それが図星だからこそ、俺は彼女と距離を置くようにしていた。

自分を取り巻く世界は異様だ。一言一句が、会社を、そして世界経済を揺るがしかねない。

そんな運命を強く認識したのは、俺が大学生のときだった。

だから、自分を偽《いつわ》り、いつでも立派な御曹司でいる必要があったのだ。なのに伊緒里は、それをすぐに見破った。

これ以上、彼女に近づいていたら何もかもを見透《みす》かされる。隠している本当の自分をさらけ出されてしまう。

そんなふうに思っていたのかもしれない。

それに、他にも彼女に近づいてはいけない理由が存在した。そのため、犬猿の仲だと周りに知らしめる必要があったのだが……

本来の俺なら、きっと他人に対してここまで親切にはしない。それも、相手は距離を置いていた伊緒里だ。面倒事に巻き込まれるのはゴメンだと、突っぱねていただろう。

なのに、久しぶりに再会した彼女は、かつてのお堅く気高《けだか》い雰囲気ではなく、困って眉を下げるかわいげのある女になっていた。

ホテルで再会したとき、そんな彼女に庇護《ひご》欲《よく》をかき立てられたのだ。

そして、マンションの一室で見た彼女は……女の顔をしていた。

ふと気がついたときには、俺は伊緒里の唇に吸いつき、何も考えられず何度もキスをしていたのだ。

伊緒里の柔らかい唇は、癖になるほど気持ちがよかった。腕の中に引き寄せた細腰に、彼女が女なんだと意識して……

さらに何度も何度も唇を欲した。

そのたびに、伊緒里がかわいらしく震えるものだから自身の欲をかき立てられていったのだ。

キスを終えたあとの彼女がまた、堪《たま》らなくかわいかった。

真っ赤な頬をし、潤《うる》んだ瞳で俺を見つめてくる。

力が抜けて俺に縋《すが》る彼女を見て、守ってやりたいと心の奥底から思ったのだ。

そして伊緒里を抱き上げたとき、華奢《きゃしゃ》な身体をそのまま押し倒したい衝動に駆られて焦《あせ》ったのは誰にも内緒にしておかなければならない。

「ここ最近、女に触れていなかったから。我慢できなかったのかもな」

「……その発言、伊緒里さんだけでなく、全世界の女性を敵に回す言葉ですよ」

「間違いない」

笑ってごまかして、俺は井江田に車を出すよう指示する。

これ以上は何も言わないと態度で示した俺に、彼は盛大なため息を零《こぼ》した。

「心は変にごまかさない方が賢明ですよ」

「……うるさい」

「失礼いたしました」

井江田は戯《ふざ》けた調子で言うと、車を発進させる。

彼に渡されたデジカメをチェックすると、俺と伊緒里がキスをしている写真が何枚も映し出された。

伊緒里は真っ赤な顔で俺にされるがままになっている。そして、問題の俺は――

(つたく、年下委員長に煽《あお》られて振り回されている、ただの男だな)

先ほど井江田には冗談っぽく言ったが、恐らくここ数年仕事ばかりに打ち込んでいて女に見向きもしなかったのに久しぶりに女を腕に抱いたので、本能が疼《うず》いただけだ。

ここからはキチンと自分を律さなければならない。犬猿の仲だとはいえ、伊緒里は小さい頃から知っている口うるさい妹みたいな存在だ。それに、母は彼女をとても気に入っている。

だから、守ってやらなければならない。あんな男に嫁《とつ》ぐのは可哀想すぎるだろう。

柄《がら》ではないが、兄貴面をして妹分を助けてやるのも一興だ。

もし、このまま伊緒里を廣渡という男に手渡ししてしまったら、後味が悪すぎる。

「つたく、しょうがないな」

小さくぼやいた俺だったが、そのときは気がつかなかった。

自分の利益は何も考えず、ただ伊緒里だけを気遣っていたことに――

＊　＊　＊　＊

「え……？」

「ですから、こんなモノでは僕は騙《だま》せませんよ？　伊緒里ちゃん」

目の前のテーブルには、私と上総くんが恋人同士のように抱き合い、キスをしている写真が何枚もばらまかれている。

あの計画を企《くわだ》ててから一週間経った今日。私は勤め先から少し離れた喫茶店で廣渡さんと対面しているところだ。

あまりはやっていない知る人ぞ知るといった雰囲気のその店には、二人の他に誰もいない。会社の人間にも会うことはないだろう。

その点においては胸を撫《な》で下《お》ろした私だったが、現在、冷や汗が背中を伝っている。

本来なら計画が成功したと喜んでいるはずだったのに、その写真の数々を見つつ絶望感を味わっていた。

上総くんに『共同戦線を張るぞ』と言われた、あの日。

マンションの一室で彼と恋人のような振る舞いをした。

上総くんに抱きしめられ、そして何度も何度もキスを……最後はお姫様抱っこまでされて、本当の恋人同士みたいに甘い時間を過ごしたのだ。

もちろん、それは全て演技で、婚約破棄をさせるための作戦である。

シナリオは、こうだ。

私たちは恋人同士で、それをたまたま週刊誌のカメラマンに盗撮された。ところが、雑誌に載せるほどのものではないし、瀬戸家に直接持っていっても一介の記者だけでは握りつぶされそうなので、そのデータをカメラマンが廣渡家へ送付し、浮気の証拠を買わないかと持ちかける。

計画は着々と進められていたはずだ。

こんな話があれば、廣渡家は私を嫁として迎え入れなくなるだろうと踏んだのだが……

数日前に上総くんから経過報告があり、そろそろ廣渡さんが連絡してくることは予想していた。

ついに婚約破棄を申し出られるのだろうとウキウキしていたのに。この写真では廣渡さんをごまかせなかったらしい。

タラタラと冷や汗が流れていく。引きつった顔で写真を見つめ続ける私に反して、廣渡さんはとても楽しそうだ。

「あのね、伊緒里ちゃん」

「は、はい」

後ろめたさがあるため、どうしても挙動不審になってしまう。

嘘《うそ》をつくことに慣れていない私には、このミッションは難しすぎたのかもしれない。

ビクッと肩を震わせて、顔を上げる。すると、廣渡さんが着物の袖で口を隠してクスクスと笑い出した。

「こんな写真。撮ろうと思えば、誰にだって撮れますよね」

「え？」

どういう意味なのか問おうとすると、彼はニヤッと厭《いや》らしく口角を上げる。

「いや、撮らせたと言った方が正しいのかな？」

「っ！」

間違いない。写されている行為の全てがヤラセだと見抜いているのだ。

それも、私の反応を見て確信しているに違いない。悔しくてギュッと手を握りしめた。

ここに上総くんがいれば、また違った角度から廣渡さんに反論できるのに。

それがわかるからこそ、自分の無力さに悔しさが込み上げる。

この作戦が失敗に終われば、私はおろか、上総くんだって望んでいない未来を歩かなければならない。どうにかしてこの局面を乗り越えたかった。

慌《あわ》てる私を尻目に、廣渡さんは呆《あき》れた様子で口を開く。

「あのね、伊緒里ちゃん。この写真、ただ抱きしめ合ったり、キスしたりしているだけでしょ？」

「ええ……？」

確かにその通りだ。だが、どれも恋人同士がする行為だ。これのどこに不信感を抱《いだ》いたのか。

目を丸くすると、廣渡さんは一枚の写真を指で弾いた。

「ほら、このお姫様抱っこの写真」

「え？」

「これが、裸ならばねぇ。二人が深い仲にあり、本物の恋人同士なのだと信じられなくもないのですけどね」

「……っ」

「窓辺でしているキスの写真。これだって、写真に撮られるのを想定しているとしか思えない格好だ。着ている衣類が乱れていれば、私を騙《だま》すこともできたのにねぇ」

「っ！」

「盗撮しているように見せかけていますけど、これは間違いなく貴女《あなた》たち二人が誰かに撮らせていますよね。このキスしている写真だって、撮る角度でそう見せてるだけに思えますし」

「いえ！　本当にキスしています。彼とはお付き合いさせていただいているんです」

何もかもが演技とカメラマンの技術の賜《たまもの》だと思い込んでいる廣渡さんだが、本当にキスをしているし、お姫様抱っこだってされているのだ。

そう力強く主張したのだが、彼は取り合ってもくれない。

私が、慣れない嘘《うそ》をついたのだと思い込んでいる様子だ。

写真を見て、鼻で笑って取りつく島もない。

「ああ、もう。伊緒里ちゃんはかわいいですね。それに、仕事熱心だ」

「は……？」

彼は私を労《いたわ》るような口調になる。

「伊緒里ちゃんは、仕事をもう少し続けたいから、必死になっているのでしょう？」

「え？」

「僕が早く花嫁修業をしろ、なんて無理強《むりじ》いしたから反発したのですね。ふふ、かわいらしい」

「えぇ……？」

彼がこの婚約にここまでこだわる意味がわからない。唖然《あぜん》としている私に、廣渡さんはニッコリと満面の笑みを浮かべる。

「ええ、ええ。わかっていますよ、伊緒里ちゃん。仕方がないから、もう少しだけお仕事をしていてもいいです。ただ、僕に嫉妬《しっと》してもらいたいからって、他の男を側に置いておかれては困りますね」

「……っ！」

勘違いしている。それも、彼の都合のいいように解釈されている。

開いた口が塞《ふさ》がらない私に目もくれず、廣渡さんは一人で納得し頷《うなず》いていた。

ここはキチンと自分の意思を伝えた方がいい。

私は前のめり気味で、廣渡さんに言《い》い募《つの》る。

「本当に彼と付き合っています。だから、この縁談はなしにしてください」

「はいはい、わかりましたよ」

「ほ、本当ですか!?」

やったぁ！　と両手を突き上げようとしたものの、彼の言葉を聞いて身体が硬直する。

「少しだけ伊緒里ちゃんの茶番に付き合ってあげましょう。僕は心が広いですからね。二年も結婚を待ってあげたのだし、もう少し待ってあげてもいいでしょう。優しい僕に、感謝してくださいね。伊緒里ちゃん」

目が点になるというのは、まさにこういうことだ。

廣渡さんは、全く私の言葉を信じていない。いや、信じていないというよりは、彼に都合のいいように私の全ての行動を勘違いしているみたいだ。

しかし、ここで諦《あきら》めれば、これまでの努力が全て水の泡となる。

私は、大げさに話を盛っていった。

「本当に彼とは愛し合っているんです。彼にだけ私の全部を見せているんですから」

「全部……ですか？」

「ええ！　彼は私にとって特別な存在です。申し訳ないですが、廣渡さんには私の全てをお見せするなんてできません」

やっと廣渡さんに打ち勝てそうな雰囲気が出始め、ガッツポーズをしたくなる。

このまま一気にたたみ込んでしまいたい。

この作戦がうまくいくかどうかは、今の私にかかっているはずだ。

膝《ひざ》に置いた手に力を込めながら、私は桐生家の皆さんと仲が良いことをアピールした。

「彼——上総さんのお母様と私は、とても仲がいいんですよ。上総さんのお母様は優しくて、おキレイで。私の憧れの女性なんです」

「……っ」

「廣渡さんのお母様は、とても素晴らしい方だと貴方から聞いておりますが、私にとっての一番は桐生のお母様なんです」

「うちのママより……？」

「ええ」

深く頷《うなず》くと、廣渡さんは愕然《がくぜん》とした様子で目を大きく見開いた。

まさか、自分が愛する、そしてこの世の中で一番素敵だと豪語している自分の母より、他家の母親を私が褒めるとは思っていなかったのだろう。

ショックのあまり声が出ない様子だ。

確かに廣渡さんのお母様もキレイで、華道界で有名な人であることは知っている。

だが、息子に婚約者の貞操《ていそう》を確認してこいなどと言うなんて、常識的にあり得ない。

そんな母親でも、廣渡さんにとっては何ものにも代えがたい人だ。そこを突いたことにより、私を敵認定してくれればいい。

だが、そこは廣渡さんだ。斜め上の考えを示してきた。

「僕はまだ、ママの素晴らしさを伊緒里ちゃんに話しきれていなかったようですね」

「は……？」

「わかりました。また、日を改めます。伊緒里ちゃんにうちのママがどれほど素晴らしいのか、プレゼンさせてください。その前に、僕は伊緒里ちゃんのことをもっと知るべきですかねぇ」

日を改めて何をするというのか。それに、私のことを知ってどうしようと思っているのか。

彼を問い詰《つ》めようとしたのだが、「では」と何事もなかったみたいに廣渡さんは喫茶店を出ていってしまった。

きっと、まだ諦《あきら》めていない。それだけはわかる。

彼が喫茶店を出ていったのを確認した私は、携帯電話を鞄《かばん》から取り出した。

今回の計画が失敗したと上総くんに伝えなければならない。だが、通話のボタンを押す覚悟ができなかった。

ガックリとテーブルに突っ伏して、盛大にため息をつく。

視界にはアイスティー。水滴がたっぷりついたグラスに、琥珀色《こはくいろ》したそれはとても涼《すず》やかだ。

カランと氷が溶けて音を立てる。その様子をボーッと眺めつつ、再び息を吐き出した。

私の演技力のなさ、そして廣渡さんの斜め上いく思考のせいで作戦は失敗だったなんて言えない。

今回の計画は、上総くんにも利益があるとはいえ、彼には多大なる迷惑をかけている。

私がホテルで泣きつかなければ、こんな事態にはならなかった。

この一件で、廣渡さんは上総くんを敵視するはずだ。

そうなれば、個々の問題だけでは収まらない。桐生家にも迷惑をかける。

そんな犠牲を払っているからこそ、今回の作戦は成功させなければならなかった。

上総くんは好きでもない、それどころか敬遠している私のために、嫌々協力しているのだ。それがわかっているので、連絡ができない。

電話で直接話す覚悟はできず、私はメールを送信した。

このメールを見て、彼はどんなふうに思うのだろうか。

「はぁ……振り出しに戻るより酷《ひど》い状態になっちゃったかもしれない」

少し薄くなっているアイスティーを一口飲んでため息を零《こぼ》していると、携帯電話がブルブルと震えてメールの受信を伝えてきた。相手は、上総くんだ。

『了解。あのマザコン男はやっぱり一筋縄ではいかなかったか。次の手を考えよう。また、連絡する』

失敗するかもしれないと彼は予想していたのだと、その内容でわかる。

結構あっさりとしている上、前向きだ。すでに割り切って次を考えているところが、仕事のできる男性だと感じる。

「はー、私は割り切れない。悔しいけど、さすがは上総くんだ」

向こうからなぜか避けられ、それに反抗する形で私も敵対心剥《む》き出《だ》しにするまでは、彼は尊敬するお兄ちゃんだったのだ。

策士というか、少々腹黒な一面があり、腹に一物あるのにそれを周りに悟られないようにしている曲者《くせもの》だが、頼れる兄貴分だった。

自分の兄より慕《した》っていた記憶もある。彼に邪険にされ始めたときかなりショックだったことは、今も鮮明に思い出せた。

何度目かわからない盛大なため息をついて、私は喫茶店を出る。すると、何やら人の視線を感じた。

人に注目されるほど変な格好をしているのか、と慌《あわ》てて店先のショーウィンドウに自身の姿を映してチェックする。

しかし、これといっておかしな点はない。

「……気のせいかな？」

先ほど廣渡さんに会ったため、警戒心が高まっているのだろうか。

首を傾《かし》げながら、その日は自宅マンションに戻った。けれどそれから毎日、会社の行き帰りに視線を感じるようになったのだ。

最初は自意識過剰なんだと思っていた。しかし、父の身辺を探る記者が付きまとっている可能性の方が高いかもとも考え直す。

一瞬、父に相談しようと思ったのだが、やめる。話したら最後。危険だから実家に戻ってこいと言われそうだ。だからジッと耐え抜いた。

記者ならば、そのうち諦《あきら》める。

しかし、段々と視線が強くなるばかり。

加えて、会社の行き帰りの視線だけではなく、勤務時間内に嫌がらせされるようにもなる。

家族の名で電話をかけてきて、その電話に出ても無言のまま。不気味だ。

メールアドレスをどこで知ったのか、携帯電話にも何件ものいたずらメールが入る。

内容は、全て一緒。『君の全てが欲しい。ずっと、ずっと見つめ続けているから』という一方的な粘着質全開のものだ。

そんなストーカー行為は酷《ひど》くなる一方。さすがに、私も危機感を覚え始めた。

これは早急に父に助けてもらった方がいい。

そう考えつつ、私は家路を急いでいた。

そのとき、携帯電話がメールの受信を知らせる。慌《あわ》てて歩道の隅に寄り確認をすると、上総くんからのメールだった。

『次の一手を考えるぞ。今夜、時間があるようだったら――』

そのメールを全文確認する前に、ネットリとした怪しげな視線を感じる。

恐る恐る顔を上げると、マンションの玄関ロビーの辺りに人影が見えた。

和服姿の長身の男性だ。

私は、その男性が廣渡さんだと確信した。

再び、手の中にある携帯電話がブルルと震えてメールの受信を知らせてくる。送信者の名前は、廣渡さんだ。

彼とメールアドレスの交換など、一度もしていない。それなのに、どうして私の携帯電話にメールを送ってくることができたのだろう。

嫌な予感がしつつも、メールを開けてみる。その文面を見て、膝《ひざ》がガクガクと震えた。

『早く帰っておいで』

彼がマンションに押しかけてきたことは、今までに一度もない。どうしてこのタイミングで彼がやってくるのだ。

ドクドクと嫌な鼓動が身体中に響く。気がついたときには、その場から走り出していた。

駅前まで戻った私は、慌《あわ》てて上総くんに電話をする。

コール一回目、二回目……。早く出て！　と願っていると、相変わらずのふてぶてしい口調の上総くんが電話に出た。

『なんだ、伊緒里か？　メールを』

「お願い、助けて‼　廣渡さんが――」

彼の言葉が終わる前に、私は自分のお願いを口にしていた。

ストーカー行為をし始めた婚約者、廣渡さんを抑止するなら、父に連絡を取る方がいいのかもしれない。

さすがにこの縁談について考え直してくれるだろうと思う一方で、不安が過《よぎ》る。

話を聞いた父が私を廣渡さんに差し出すかもしれないのだ。

そして、私が咄嗟《とっさ》に助けを乞《こ》うたのは上総くんだった。

自分でも不思議だが、彼の声を今すぐに聞きたいと思ったのだ。

私の悲痛な訴《うった》えに、電話口にいる上総くんが息を呑んだのがわかった。

『落ち着け、伊緒里。今、どこにいる？』

「マンションの最寄り駅にいる」

『そこに人はたくさんいるか？』

「いる！」

『よし、お前は改札近くに今すぐ行け。改札付近なら駅員がいるだろう』

視線を走らせ、駅の改札を見る。上総くんの言う通り、そこは人の流れが多い上に、駅員が何人か立っていた。

「はい」

『マザコン男が近づいてきたら、大声で叫んで駅員に助けを求めろ。いいな、できるな？』

「は、はい……」

『今、そちらに向かい出した。あと……そうだな。十分もすれば着くから』

「上総くん」

彼の名前を呼ぶ私の声は、自分でもわかるほど心細そうだ。その上、携帯電話を持つ手はカタカタと震えている。

自分では気がついていなかったが、どうやらあの視線に付きまとわれているうちに、恐怖心が蓄積していたようだ。

そういえば、と廣渡さんと最後に会ったときのことを思い出す。

なんとか最後の一押しをと、彼の母親より上総くんの母親の方が素敵だと言った。

それにかなりショックを受けていた様子の廣渡さんは、何か不吉な言葉を言っていなかったか。

『伊緒里ちゃんのことをもっと知るべきですかねぇ』

私のことをより深く知るために、ストーカー行為をし始めたのだろうか。

改札前で不安に揺れている間も上総くんは電話を切らず、ずっと話し続けてくれている。

『通話を切るなよ、伊緒里。大丈夫だ。すぐに、迎えに行ってやるからな』

「うん」

大丈夫だ、と優しく言う彼の声を聞いていたら、まだ会えてもいないのに安心して涙が零《こぼ》れ落《お》ちてしまった。

グスグスと鼻を啜《すす》る私に、上総くんはとても優しくしてくれる。

いつもみたいな意地の悪い雰囲気なんて感じられない。とにかく心配してくれているのがわかる。

なんだか昔の優しい彼に戻った気がして、胸がほんわかと温かくなった。

『伊緒里、駅に着いた。すぐに行くから、そこから動くなよ』

「……わかった！」

もう少しで上総くんに会える。そう思ったら、携帯電話を持つ手から力が抜けた。

慌《あわ》てて持ち直していると、視界に黒い革靴が見える。ピカピカに磨かれたそれは、男性のものだ。

視線を上げると、髪を少し乱して呼吸を荒らげている上総くんがいた。

いつも通り格好よくスーツを着ているのだが、ネクタイが歪《ゆが》んでしまっているし、ジャケットの裾《すそ》も翻《ひるがえ》っている。

急いでこの場に駆けつけるために、なりふり構わず走ってきたに違いない。キュンと胸が切なく苦しくなった。

手を胸の辺りで握りしめて眉を下げる私を見て、上総くんはサッと顔色を変える。

「どうした、伊緒里。俺がここに来るまでに何かあったのか⁉」

「ち、ちが……」

上総くんが来るまでは、もしかしたら廣渡さんに見つかるのではないかとの不安もあった。だけど、こうして上総くんと無事に会えて完全に安堵《あんど》する。

再びフッと身体から力が抜け崩れ落ちそうになる。それを、彼は慌《あわ》てて抱き止めてくれた。

そういえば、マンションでイチャつく写真を撮るときも、あまりの刺激の強さにのぼせた私を、こうして抱き止めた。

それを思い出し、芋づる式にあのときのキスが頭に浮かぶ。どうにも恥ずかしくて堪《たま》らなくなる。

彼に直視されたくなくて、思わずその広い胸に頬を近づけた。

その瞬間、上総くんの身体がピクッと震える。

どうしたのか聞いたのだが、「なんでもない」と慌《あわ》てたような返事が来た。いつも通りの彼に戻っていてがっかりする。

冷静さを取り戻した上総くんは駅構内に視線を向けたあと、私を見下ろした。

「とにかく、ここから離れるぞ。いつ、あのマザコン男がやってくるかわからない」

「う、うん」

想像しただけで寒気がする。鳥肌が立った腕を擦《さす》っていると、上総くんに手首を掴まれた。

「ほら、早くしろ」

それだけ言って背を向け、私の手首を掴んだまま歩き出す。

上総くんに引きずられるような形になり、慌《あわ》てて彼の後をついていった。

なんだか上総くんの耳が赤いような気がするが、先ほど走ってきたせいで身体が熱くなっているのだろう。

そんな彼の背中を見つめつつ、私はある覚悟を決めた。

(今度で絶対に決めてやる……!!)

上総くんには、かなり迷惑をかけてしまっている。彼のためにも、必ず廣渡さんとの縁談を破談にしなくてはならない。

次の一手を考えておくと上総くんは言っていたが、今度は私が作戦を提案しよう。切羽《せっぱ》詰まっている私だからこそ、浮かんだ作戦だ。

なりふり構ってなどいられない。

手首から伝わる上総くんのぬくもりを感じつつ、私は捨て身の作戦をお願いする覚悟をしたのだった。

3

上総くんと一緒に駅を出ると、ロータリーのところで井江田さんが車のドアを開けて待っていてくれた。

「ほら、早く乗れ」

「う、うん」

促《うなが》されるがまま後部座席に乗り込む。隣に上総くんも乗り込んできた。

それを確認すると、井江田さんは扉を閉めて、すぐさま運転席に乗った。

バックミラー越しに、井江田さんと目が合う。私は、スミマセンという謝罪の気持ちを込めて会釈《えしゃく》をした。すると、彼は心配そうな表情で口を開く。

「ご無事で何よりです」

「ありがとうございます。お手数をおかけいたしました」

井江田さんにお礼を言ってから、私は隣に座る上総くんに頭を下げた。

「ありがとう、上総くん」

「……ああ」

ぶっきらぼうに返事をした彼を見て、井江田さんが肩を震わせている。

どうしたのかと声をかけようとしたが、上総くんの不機嫌そうな声に掻《か》き消《け》された。

「車を出してくれ」

「ふふ、畏《かしこ》まりました」

未だに笑いが収まらない様子の井江田さんだったが、バックミラーで上総くんを見たあとに車を発進させる。

「桐生家に行って、奥様にお会いした方がよろしいですか？」

井江田さんの問いかけに、上総くんは少しの間考え込んでから首を横に振った。

「いや、俺のマンションに行ってくれ」

「……承知しました」

井江田さんはその言葉を聞いて、ウインカーを左に出す。大通りを左折し、車は幹線道路を走っていく。

「真美子さんのところには行かないの？」

「ああ。母さんに今回の話を聞かれたら、作戦がうまくいっていないとバレるだろう？」

「あ……そうだよね」

納得である。確かに今回の話を真美子さんに聞かれたら、大変なことになりそうだ。

とりあえずは、頑張れるところまで上総くんと頑張った方がいい。

大きく頷《うなず》いていると、上総くんはどうしてSOSを出してきたのかを説明しろと言い出した。

正直に話したら怒られるとわかっている。だから彼には言いたくないが、ここまでしてもらっておいて話さないわけにはいかない。

私は渋々、廣渡さんに呼び出され作戦が失敗した日から一週間、誰かの視線を感じていたこと、迷惑メールを大量に送られていたことなどを白状した。

これら全てが廣渡さんにされていたのだとしたら、立派なストーカー行為だ。

話を聞く上総くんの目が見る見る間につり上がっていく。そして、彼の怒りは最高潮まで達した。

「バカか‼　どうして異変を感じたときに、俺に相談してこなかったんだ！」

「だ、だって。最初は自意識過剰かもって思ってたのよ。もしかしたら、お父様関連の雑誌の記者かもしれないし。そうしたら、今日……」

「廣渡がお前のマンションのロビーにいて、今まで伊緒里をつけ回していたのがあのマザコン男だって見当がついたというわけか」

「その通りです」

上総くんの剣幕に、私は身体を小さく丸める。

チラリと彼を盗み見ると、とても難しい表情をしていた。ますます申し訳なくて、シュンと項垂《うなだ》れる。

婚約破棄にはほど遠いどころか、廣渡さんが斜め上な行動をし始める始末。

ますます作戦成功までの道のりが遠のいた今、上総くんとしても歯がゆい思いをしているに違いない。

なんと言っても、私と廣渡さんの破談が決まれば、上総くんは数多くある見合いをしなくても済むのだ。彼とて必死になるだろう。

すでに上総くんには迷惑をかけっぱなしだ。次こそ必ず成功させたい。

こうなったら、より腹をくくるべきだ。私は先ほど思い立った作戦を上総くんに提案する。

「あの、上総くん」

「なんだ？」

言いづらい。

口ごもる私を見て何かを察した上総くんは、リモコンに手を伸ばしてボタンを押す。すると、運転席と後部座席がスモークガラスで遮断された。

「これで運転席から、こちらは見えないし。会話も聞こえない」

確かに密室が出来上がった。

これで運転している井江田さんには聞かれないだろう。とはいえ、やはり内容が内容なだけに緊張する。

必死に覚悟を決めようとする私を、上総くんは辛抱強く待ってくれた。

そんな彼を見て、私はギュッと手を握る。

「私を……」

「ん？」

「私を抱いてほしいの！」

「は……はぁぁぁぁ!?」

思わず立ち上がりそうになった上総くんは、シートベルトによって押さえつけられていた。かなり動揺しているらしく、目が泳いでいる。

その様子に、私は大事な一言を付け加えるのを忘れたと気がついた。

「ち、違う!! 私を抱いているフリをしてほしいの！」

「……フリ？」

「そう。キスだけじゃ廣渡さんは騙《だま》せなかった。だから、本当に私たちが肉体関係にあるって思わせたいのよ」

「……っ」

「こんなこと、本当はしちゃいけないよね？ いつもの私なら、絶対にやっていなかった。だけど、もう……そんな悠長なこと言っていられなくなっていると思うの」

「……で？」

「廣渡さんが私にストーカー行為をし始めた今なら、上総くんと私が二人で行動すれば恋人同士だと信じてくれるかもしれない。一緒にホテル……に入っていくところとかを見せつければいいんじゃないかと考えたんだけど」

しょっちゅう二人でいて、恋人同士でしか行かないところに出入りするのを廣渡さん自身の目で見れば、さすがに私と上総くんが付き合っていると誤解してくれると思うのだ。

とはいえ、私を敬遠している上総くんだ。「面倒くさいが俺に利益がある以上、付き合ってやる」くらいは言われそう。そう思っていたのだが、彼の様子は違っていた。

先ほどまでは挙動不審だったのに、今は私の顔を真剣な表情で見ている。

ドキッと胸が高鳴るほど真摯《しんし》な瞳で見られ、居たたまれない。

モジモジと身を縮こまらせる私に、上総くんは力強く言った。

「大丈夫だ。俺がなんとしてでも縁談をぶっ潰《つぶ》してやるから」

「上総くん？」

「心配するな」

キュッと私の手首を握りしめ、彼は小さく頷《うなず》いた。そのときになって、今までずっと彼が私の手首を掴んでいたことに気がつく。

ハッとして彼から離れようとしたのだが、どうしてなのか彼は私の手首を離してくれない。

「上総……くん？」

「震えている」

「え？」

「落ち着け、伊緒里。お前の側には今、俺しかいないんだから」

「上総……く、ん」

上総くんの体温を感じ、不安を抱いていた心が落ち着き始める。

「大丈夫。大丈夫だぞ……伊緒里」

「っ……！」

上総くんの大きな手のひらが私の背中を撫《な》でるたびに、身体の震えが止まっていった。

確かに今は上総くんと私、二人きりだ。廣渡さんはいないのだから、安心すればいい。

だが、今度は違う意味で困惑を極めた。

上総くんと二人きりという状況に、先日自分のマンションで繰り広げられた甘く蕩《とろ》けそうな時間を思い出す。

羞恥《しゅうち》で逃げ出したい。つい恥ずかしさが込み上げてきた。

逃げるわけにはいきそうにもなかった。けれどここは車の中だし、彼に手首を掴まれたままだ。

「こっちに来い」

「あっ……」

上総くんが私を抱きしめてくる。

スーツ越しからも彼の熱を感じて、頬が一気に熱くなった。

ドキドキしすぎて、心臓が破裂しそうだ。

だけど、今は上総くんのその優しさに包まれていたい。

ソッと彼の胸に縋《すが》りつくと、彼の身体がピクリと震えた。だが、すぐに低く柔らかい声で囁《ささや》いてくれる。

「安心しろ、伊緒里。俺がついているから」

「上総くん」

彼の腕の中は、とても温かくて安心できる。こんなふうに優しく声をかけられるなんて、ここ数年なかった。

お互いいがみ合っていた犬猿の仲。そのわだかまりが、少しずつ消えていくように感じる。それが、くすぐったくて……嬉しい。

ふんわりと私を包み込んでくれる上総くんの腕の中は心地がよくて、なんだか眠りを誘う。

この一週間、誰かに監視されているかもしれないという恐怖であまり寝つきがよくなかったのだ。

上総くんに守られている安堵《あんど》のためか、私はそのまま彼の腕の中で眠りについてしまった。

「伊緒里……？」

眠りに入る瞬間。私の名前を呼ぶ、上総くんの声が優しくて……嬉しいという感情を抱く。

彼の腕の中はとても居心地が良くて、気持ちがいい。温もりに促《うなが》され、私はストンと眠りに落ちた。

どれほどの時間、眠りこけてしまっていたのか。

ハッと気がついたときには、私は上総くんに横抱きにされていて、大いに慌《あわ》ててしまった。

「え？　え？」

「ああ、起きたか。動くなよ、落とすぞ」

「っ！」

辺りを見回すと、薄暗い。どうやら地下駐車場のようだ。

私が眠りこけている間に上総くんのマンションに着いていたらしい。

車が立ち去る音が聞こえる。あれは、先ほどまで乗っていた車だろうか。

井江田さんはここまで私たちを送ってくれたあと、帰路についたに違いない。

お礼を言いそびれ後悔をしたが、それより今の状態への驚きの方が先行した。

ビックリして急ぎ彼から離れようとした私だったが、視界の高さに目を瞬《またた》かせる。

身長が百八十センチ以上ある上総くんの腕の中から落ちたら、怪我をするに違いない。

慌《あわ》てて彼に縋《すが》りつくと、頭上から楽しげな声が聞こえてきた。

「ハハハ。意地っ張りで優等生な伊緒里が、俺に縋《すが》ってくるのは気分がいいな」

「……別に意地っ張りじゃないし。優等生でもないよ。腹黒を隠して猫を被《かぶ》っている上総くんにだけは言われたくないわ！」

売られた喧嘩《けんか》を素直に買う。こういうところが、意地っ張りだと言われる原因なのだろう。

わかってはいるが、どうしても上総くんに対してだけはかわいくない態度を取ってしまう。

フンと勢いよく顔を背《そむ》けたものの、今彼に手を離されたら落っこちる。

口では虚勢《きょせい》を張っていても、身体は怯《おび》えていた。それがなんともばつが悪い。

上総くんも、私の強がりをわかっているのだろう。クツクツと笑いながら、私を抱きしめる腕の力を強める。

「大丈夫、しっかりと運ぶから。大人しくしていろよ、伊緒里」

「……うん」

今までの私たちなら、喧嘩《けんか》に発展してもおかしくはない。だが、今はそういう空気にはならなかった。

何かが二人の間で変わったのだ。

それは、あの日。二年ぶりに彼とホテルで衝撃的な再会をした日から……

キュッと彼の胸元を握りしめると、上総くんが柔らかくほほ笑む。その笑みが、とてもキレイでドキッと胸の鼓動が高鳴る。

視線が絡み合い、一瞬時が止まった。

張り裂けそうなほどのときめきに驚く。

そして甘やかな空気が流れたと思ったとき、上総くんが顔色を変えた。

どうしたのかと声をかけようとしたのだが、彼は何事もなかったような表情に戻る。そして、私の耳元で小さく囁《ささや》いた。

「伊緒里、俺に縋《すが》りつけ。思いっきり甘えろ」

「え？」

「アイツの使用人らしき男が見ている」

「っ！」

まさか、こんなところにまで廣渡さんの魔の手が伸びていたというのか。

怖さのあまり身体を硬直させた私の耳元に、上総くんは顔を近づけてくる。

「大丈夫だ、伊緒里」

「上総くん……」

「お前が打ち出した作戦、決行するぞ」

「あ……」

先ほど車の中で私が『本当に肉体関係があるように見せかけたい』と言ったことを実践しようというのだろう。私は、小さく頷《うなず》いた。

もう後には引けない。この作戦を成功に導かなければ、私の未来に暗雲が立ちこめる。やるしかないのだ。

上総くんのシャツの胸元を掴んでいた私は、彼の首に腕を回してより身体を密着させる。

すると、彼は私にキスをしてきた。写真だけではない。本当にキスをしているというのを敵側に見せるためだ。

頭ではわかっている。だが、何度上総くんとキスをしても慣れない。心臓が壊れそうなほど鼓動が高鳴る。

彼は、廣渡さんの関係者に見せつけるように、何度も私の唇にキスを落としていく。

(身体が熱くなっちゃう……)

そのたびに、私の身体がどうしようもなく熱を帯《お》びる。

私の体温が上がったことに、上総くんは気づいているだろうか。もしそうなら、恥ずかしい。

彼の首元に顔をキュッと押しつけると、上総くんは「かわいいな、伊緒里」とこれまた羞恥《しゅうち》でどうにかなってしまいそうなセリフを吐いた。

演技だとわかっていても、嬉しくなる自分がいる。

上総くんは私を抱いたままエレベーターに乗り込む。その間も私を下ろそうとはしなかった。

「えっと……上総くん?」

「なんだ、伊緒里」

「今は誰にも見られていないと思うけど？」

「まぁな」

「まぁな、って。だから、下ろしてくれないかな？」

この状況はとても恥ずかしい。そろそろ離れてもいいのではないか。そう思った私は彼に懇願《こんがん》したのだが、聞く耳を持たない。

「まぁ、待て。もし、俺の部屋がある階に、他の人員が配置されていたらどうするつもりだ？」

「あ……」

「そういうこと。最後の最後まで気を抜いてはダメだぞ、伊緒里」

「……わかりました」

確かに上総くんの言う通りだ。あの粘着質な廣渡さんである。どんな手で来るのか、想像ができないので、最後の最後まで気は抜けない。

私は上総くんに横抱きされながら彼の部屋に入った。ところが、玄関先でも彼は下ろしてくれない。またしても私は慌《あわ》てた。

「ちょ、ちょっと！　上総くん？　さすがにもう大丈夫じゃないかな？」

「ああ、そうだな」

なんだか上総くんの口調が歯切れが悪く感じるのは気のせいだろうか。

渋々といった様子で私を下ろした彼に促《うなが》されて、彼の部屋に入る。

こうして男性の一人暮らしの部屋に入るのは初めてだ。緊張のあまり挙動不審になっていると、上総くんが真剣な顔で私に宣言した。

「あのマザコン男の異常さはわかったから、俺も腹を決めた」

「え？」

驚いて目を何度か瞬《またた》かせる私に、彼は闘志剥《む》き出《だ》しで言う。

「こうなったらお互い徹底的にやるぞ」

「う、うん？」

やけにやる気を漲《みなぎ》らせている上総くんに驚いていると、彼は腰を屈《かが》めて私と視線を合わせるなり説教をし始めた。

「わかっているか、伊緒里。もう破談だけにこだわっている場合じゃない。やつの行動には、お前の身の危険も感じる」

「っ」

確かにその通りだ。まさか、廣渡さんがここまで私との縁談に執着《しゅうちゃく》するとは予想もしていなかった。

完璧だと自負しているナルシストの廣渡さんだ。コケにされて立腹しているのかもしれない。自ら切り捨てるならまだしも、切り捨てられるなんてプライドが許さなかったと考えられる。

コクコクと何度も頷《うなず》く私をソファーに座らせると、彼は腕組みをして高らかに宣言した。

「とにかく、マザコン男を排除するぞ」

「う、うん！」

迫力がありすぎる上総くんを目の当《ま》たりにし、私は圧倒される。

その夜は、彼がケータリングを頼んでくれ、それを食べながら作戦会議をした。その後は彼が私をマンションに送り届けてくれる。

最初は「ここに泊まれ！」としつこかったのだが、私のマンションのセキュリティが万全だったことを思い出してようやく折れてくれた。

しかし、通勤は必ず井江田さんに送迎してもらうことを絶対条件にされてしまったが。

私がマンションの玄関を通るまで、心配して見守ってくれた上総くん。

昔の頼れるお兄ちゃんに戻ってくれて嬉しい反面、あまりに心配しすぎで苦笑してしまったほどだった。

その夜の一件から、上総くんは〝徹底的に〟という言葉通りに行動した。

次の日。仕事を終えてオフィスビルから出ると、そこには私を待ち伏せする上総くんがいたのだ。

そして、さらに驚いたのは、そのあとだった。

「入るぞ、伊緒里」

「え……」

私と手を繋ぎ、彼が足を向けた先は所謂《いわゆる》ラブホテル。それもいかにもといった外観で、なかなかに異様な雰囲気を醸《かも》し出《だ》している。

ピンク色のネオンもそうだが、ホテルの名前も〝いかにもエッチする場所ですよ〟と言わんばかりだ。

辺り一帯は歓楽街で、ラブホテルが所狭しと軒《のき》を連《つら》ねている。

普通のビジネスホテル並みにシンプルなホテルもあるのに、どうしてこんなに奇抜な所に行こうと思ったのか。私は上総くんの手を引っ張り、首を横に振る。

「え、えっと……上総くん。どうせ作戦を決行するなら、違う場所にした方が」

「派手な見た目で腰が引けたか？」

「う……」

どうやら彼は、わかっていてこのホテルを選んだようだ。

視線を泳がせると、上総くんが私の肩を引き寄せた。

「いかにもって所の方が、伊緒里の身辺を探っているマザコンの手下も報告しやすいだろう？」

「そ、そうかもしれないけど」

戸惑《とまど》う私の耳元に上総くんの唇が近づく。身体の芯《しん》が痺《しび》れるほどセクシーな声で囁《ささや》かれた。

「伊緒里は、こういうところ初めてか？」

「っ……！」

わかっているくせに、そういうふうに聞いてくるなんて意地悪だ。

ムッと唇を尖《とが》らせると、彼は再び心臓に悪いほど魅力的な声を出す。

「キスも初めてだったんだから。ラブホも初めてだよな？」

「そ、そういう上総くんはどうなのよ？」

からかわれたことが悔しくて言い返したのだが、言ったそばから後悔した。

リア充を地でいくであろう彼には愚問だ。どうせ、色々な女性と利用したことがあるに違いない。

そう考えたら、なぜだか胸がチクンと痛んだ。

その痛みに驚いていると、私の耳元で上総くんが小さく笑う。

「俺も初めて」

「は……!?」

違うことを考えていた私の思考が、一気に停止した。今、彼はなんと言っただろうか。

まさかの言葉に身体も頭も硬直する。

だが、すぐに思い直す。ないない、それは絶対にない。

私はフフンと鼻で笑った。

「別に同情してくれなくたっていいわ。上総くんが、リア充なのは知っているわよ」

「……どこが知っているんだか。ここ数年、誰とも付き合ってないぞ」

「え？」

ボソリと呟《つぶや》いた言葉は聞き取れず、聞き返したのに上総くんは小さく首を横に振る。

「ラブホに入るのは、今日が初めてだ」

「ほ、本当……なの？」

訝《いぶか》しげに言うと、彼はむきになって口を尖《とが》らせた。

「嘘ついてどうするんだよ」

「そ、それは……そうかもしれないけど」

やっぱり信じられないでいる私の肩をより引き寄せ、促《うなが》す。

「ほら、伊緒里。俺と初体験するぞ」

「……なんか、いかがわしい」

ジロリと彼を見上げて睨《にら》み付《つ》けると、彼の唇に笑みが浮かんだ。その笑みが、なんだかとても妖しく見えて胸が高鳴ってしまう。

顔が紅潮《こうちょう》しているだろうと、自分でもわかる。上総くんから離れたいのに、肩を抱かれている状況では逃げ出せない。

それに、今は恋人同士に見せるための演技をしている真っ最中だ。言い争いなどしたら、廣渡さんに「やっぱり恋人じゃないのでしょう」などと失笑されるに違いない。

そんな私の気持ちなど知らない上総くんが、男の色気ダダ漏れで囁《ささや》いてくる。

「今から、いかがわしいことをする場所に行くのに？」

「言い方……っ‼」

むきになって反論しようとした私だったが、その言葉を上総くんの唇に奪い取られた。

「っふ……ん！」

なんだかキスのハードルが下がっている。

あの日以降、上総くんは私の唇に触れすぎだ。

いくら廣渡さんと私との婚約を破談にするためとはいえ、しょっちゅうキスをする必要はないのに。

だけど、どうしてだか止める気になれない。

初めてしたときより、さらにドキドキしすぎて苦しいけれど、上総くんとのキスに嫌悪感は皆無《かいむ》だ。

そもそも最初から嫌ではなかった。

そんな自分に戸惑《とまど》う。

今もキスをされているというのに、拒《こば》もうなんて気持ちはこれっぽっちも湧かない。

何度かキスを落としたあと、肩を抱いていた上総くんの手は腰に回り、私を力強く引き寄せた。

「さぁ、行くぞ」

「……うん」

フワフワとした気持ちのままラブホテルの中に入る。

想像以上に小綺麗な部屋の中には大きなソファーがあり、テレビも備《そな》えつけられていた。冷蔵庫も完備されていてちょっとしたビジネスホテルみたいだ。

とはいえ、大きなキングサイズのベッドが鎮座《ちんざ》しているのを見ると、あのベッドで恋人たちが睦《むつ》み合うのかと緊張する。

唖然《あぜん》として入り口付近で固まる私を見て、上総くんが噴き出した。

「さすがにラブホテルに入って、すぐさま出るってわけにはいかないだろう?」

「そ、そうだけど……そうなんだけど」

「何もしないから、こっちに来て座れ」

ポンポンとソファーを叩《たた》き、彼は私に来いと命令する。

ずっとこの場に突っ立っていたら「なんだ？　緊張しているのか？」とバカにされそうだ。

錆《さ》びついたブリキの人形のように、ギクシャクした動きでソファーに座る。

だが、上総くんと肩が触れ合うほど近づいてしまい、慌《あわ》てて腰をずらした。

挙動不審すぎる私に小さく笑いかけてから、彼が何やらメニュー表を手渡してくる。

「二時間ぐらいは、ここにいないといけないいな。なんか食うモノ頼めよ。仕事終わりで腹減っているだろう？」

「に、二時間⁉」

声が上擦《うわず》った。まさか、この密室に彼と二時間も一緒にいないといけないというのか。

口元を戦慄《わなな》かせていると、上総くんが「それぐらいが妥当じゃないか？」となんでもない様子でサラリと言う。

「伊緒里。恋人同士がラブホテルに入って何をするか。想像はつくだろう？」

「う……」

「さすがに三十分じゃあ、無理だな」

「ううぅ……」

上総くんが言いたいことはわかる。この年になれば、あちこちで色々な情報が耳に入ってくるのだ。耳年増《みみどしま》になりつつある自覚もある。

恐らく、全てをこなすには三十分では無理なんだろう。シャワーを浴びるだけでも、結構な時間がかかるはずだ。

それに、先ほど入り口の看板に書いてあった〝休憩三時間〟という文字。

世の恋人たちがエッチするのには、その程度の時間がかかるに違いない。上総くんの言い分はわかる。わかるのだが……

(ど、ど、どうしよう……さすがに間がもたない!!)

ご飯を食べたとしても、そんなに時間はかからないし、食べ終わったあとは、何をすればいいというのか。

視界には大きなベッドが入っている。

まさか、あそこで私には想像できないエッチなあれこれをするのだろうか。考えれば考えるほど、緊張してくる。

メニュー表を眺めても、何も頭に入ってこない。本当にどうしたらいいのか、困った。

戸惑《とまど》っている私に気がついているらしい上総くんは、ニヤニヤと楽しげに笑っている。それがまた、癪《しゃく》に障《さわ》った。

「これも社会勉強だ」

「しゃ、社会勉強!?」

「ん？　もっと違う勉強がしたいか？」

「するわけない!!　上総くんのエロオヤジ！」

フンとそっぽを向くと、彼はクックッと声を押し殺して笑い出す。それが、悔しくて私は口を曲げた。

ラブホテルは初めてだ、と言っていたが、あれはやっぱり嘘だったんだろう。

これだけ要領よく過ごしている彼が、初めてだなんて思えない。

ムスッと抗議すると、彼は小さく笑って首を横に振った。

「いや、本当だ」

「本当?」

疑いの目で見つめたが、上総くんは真面目な顔で大きく頷《うなず》く。

「伊緒里と一緒。初めてだぞ」

「……そういうことにしておきます」

その表情で彼が嘘をついていないと少し信じたものの、なんとなく素直に受け入れるのが悔しくてかわいくない言い方になる。

彼は苦笑しつつ、メニュー表を指差した。

「ピザでも頼むか? このホテル、ちゃんとしたイタリアンレストランからピザを届けてもらえるみたいだぞ?」

「へぇ……すごいねぇ。冷凍食品をレンジでチンするのかと思っていた。あ、このピザ美味《おい》しそう!」

「じゃあ、決まりだ。どれがいい?」

「えっと……」

それから頼んだピザを二人で食べ、テレビを見たりして時間を潰《つぶ》してホテルを出る。

上総くんが当初約束してくれた通り、色っぽいことは何一つせずに、まったりとご飯を食べただけ。

安堵《あんど》するところなのに、なぜか残念な気持ちを抱く。もちろん、上総くんにそんなことを言えるはずがない。

しかし、こういう〝いかにも〟という場所にキッチリ二時間二人でいた。

恐らく廣渡さんが用意した調査人がこれを報告するだろう。

普通であれば、エッチなことをしていたと予想する。

上総くんと私は恋人同士であり、肉体関係もあると、今度こそ廣渡さんもわかってくれるに違いない。

これでストーカーのように付きまとわれなくなる。……そう、信じていた。

だが、敵はなかなかしぶとい。

なぜか、あの嫌な視線は消えず、メールも相変わらずだった。

毎日上総くんの秘書である井江田さんが会社まで送り迎えをしてくれているのだが、それでも上総くんと恋人同士だと廣渡さんは思わないらしい。まったくもって、厄介だ。

それを上総くんに電話で相談すると、『……了解。やっぱり、もっとはっきりとしたアピールをしないといけないか』と言っていた。

もっとはっきりとしたアピールとは、一体どういうものなのか。聞くのが怖い。

その答えが、電話から数日経った今、まさに明らかになろうとしていた。

仕事が終わった私は、会社から少し離れたコインパーキングに駐車されている見慣れた車を見つける。井江田さんが迎えに来てくれたのだ。

上総くんの秘書をしていて忙しいのに私の送迎までしている彼には、頭が上がらない。

毎日の送り迎えは本当に申し訳ないので一人で帰れると何度か上総くんに訴《うった》えているのだが『井江田がお前を送り迎えするのをマザコン男側に見せるのは有効な手だ』と言って、やめてくれないのだ。

恐らく、上総くんは私をとても心配してくれているのだろう。

だから私を井江田さんに託《たく》しているのだ。

その気持ちはとても嬉しいし、ありがたい。だけど、申し訳なさが募《つの》る。

今日こそ送り迎えの件をもう一度検討してほしいとお願いしよう。そんなことを考えながら、車の後部座席のドアを開いた。

「井江田さん、お待たせいたしました……って、上総くん⁉」

「よぉ、伊緒里」

後部座席には、いつもはいない上総くんが座っていた。そのことにビックリする。

ここ数日、井江田さんが送り迎えをしてくれてはいたのだが、上総くんは一度として同乗していなかったのに。

「どうしたの？　上総くん」

「どうしたって？」

私が座席に座ってシートベルトをしながら問いかけると、反対に質問を返された。

ムッと眉間《みけん》に皺《しわ》を寄せて、上総くんにもう一度問いかける。

「だって、まだ夕方の六時だよ？」

「ああ、そうだな。伊緒里にちょっと相談というか……まぁ、決定した事案を伝えにきた」

シレッと答えた上総くんだが、こんなに早い時間に彼が仕事を終えたとは考えにくい。

井江田さんから聞いていたが、上総くんは毎日かなり忙しく仕事をしているという。特に今は日本に戻ってきたばかりなので、挨拶《あいさつ》をかねて色々な人と会っているらしい。

夜ならそのまま会食という流れになることが多く、仕事を終えるのは毎日遅くなってからだと聞いている。

それなのに、どうして上総くんが車内にいるのだろう。そう思って聞いているのに、肝心な内容は全然話してくれない。

眉間《みけん》の皺《しわ》をより深く刻み、私は上総くんに食ってかかった。

「仕事は大丈夫なの？　上総くん、とっても忙しいって井江田さんから聞いたのだけど」

「ああ。まぁ……忙しいな」

言葉を濁す彼を見て、私は言《い》い募《つの》る。

「そんな忙しい人が、こんな所にいちゃダメでしょう？」

「……っ」

「私は大丈夫だから、上総くんは仕事に戻った方がいいわ。上総くんがサボっていたら、困る人が出てくるはずよ。絶対に戻るべきです」

自分で言っていて、かわいくないと感じる。

こうしてここに彼がいるのは、私を少なからず心配してくれているからだ。

それなのに、この態度はないと自分でも思う。

だけどこれ以上、上総くんの重荷になることは慎《つつし》みたいのだ。

その辺りについてわかってもらいたいと思うのだが、なかなか伝わらずジレンマを抱く。

ムッと不機嫌な様子を前面に押し出している私に、上総くんが手を伸ばしてきた。

「え……？」

私の頭に触れ、ゆっくりと撫《な》でる。じんわりと彼の熱が伝わってきて、ドキドキした。

頬が熱くなるのを感じつつ上総くんを見つめると、彼はくすぐったそうに笑う。

その笑みがとても柔らかで優しくて……。胸の鼓動がどんどんと加速していく。

上総くんは、本当に変わったと思う。数年前の彼だったら、こんな笑みを私に向けてはくれなかった。

どんな心境の変化だろうか。ふと考えたが、すぐに理由が見つかった。

恐らく上総くんは私に仲間意識を持っているのだ。

お互いの未来のために『共同戦線』を張った仲間。だから彼は、私に対する接し方を改めたに違いない。

簡単に答えは導き出せたが、なんとなく面白くないと感じるのはどうしてなのか。

自分の胸中がわからず混乱していると、上総くんがポンポンと私の頭に優しく触れた。そして、ゆっくりと離れていく。

「ぁ……」

思わず名残《なごり》おしくなり、小さく呟《つぶや》いた声が、上総くんの耳に届いていないように祈る。

幸い、私の懇願《こんがん》めいた声は聞こえなかったようでホッとした。けれど上総くんの発言を聞いて大いに慌《あわ》てる。

「明日から、伊緒里と同棲するから」

「え？　ちょ、ちょっと待ってよ。もう一度、言ってくれる？」

私の聞き間違いかもしれない。そう思って引《ひ》き攣《つ》った笑顔を向けると、上総くんはニヤリと意味深に笑った。

「だから、同棲するぞって言ったんだ」

「……同棲」

「そう、同棲」

「誰と？」

「俺と」

「誰が？」

「伊緒里が」

「……へっ？」

とんでもないことをサラリと言い放つ彼に、頭が痛くなる。

グリグリとこめかみを押さえて、冷静になろうと息を吐いた。

「上総くん……いきなり同棲ってどういうことなの？」

「どういうことって……一緒に住むって話だ。なんだ？　伊緒里。同棲の意味も知らないのか？」

「わかっています！　そうじゃなくて!!　結婚前の男女が軽々しく同棲なんて」

「よく言う。あの男が嫌になるよう恋人同士みたいに見せつけてくれってお願いしてきたのは、伊緒里の方だぞ？」

「うっ！」

「それも肉体関係があると思わせたいと言ったのは、どこのどいつだ？」

「そ、そうだけど！　そうなんですけど!!」

むきになって反論すると、上総くんはクツクツと意地悪く笑う。その様子を見る限り、私をからかって遊んでいる。

「人をからかうのもいい加減にしてよ！　ストレス発散なら、別の形でどうぞ」

フンとそっぽを向く私に、彼は声を上げて笑ったあと、私の言葉を否定した。

「からかっていないぞ？　俺は真剣に言っている」

「は……？」

「だから、同棲については本気だと言っている」

「本気って……」

あんぐりと口を開けた私の顔は、きっと滑稽《こっけい》だろう。だが、驚きすぎて閉じられない。

言葉を発せられずにいる私に対し、上総くんは腕組みをして背をシートに預けた。

「ここらで勝負に出た方がいい」

「……勝負」

「ああ。マザコン男から、婚約破棄の申し出はまだ来ていないんだろう？」

「え？　ああ、はい」

おずおずと頷《うなず》く私に、上総くんは指を折って今までのチャレンジをカウントしていく。

「目の前でキスして恋人宣言をしてもダメ、イチャついている写真を送ってもダメ。ラブホテルに入って肉体関係があると見せかけてもダメ。俺の部屋に伊緒里を連れ込んでも反応なし」

「……うっ」

「どれもこれも、マザコン男に決定的なダメージを食らわせられなかっただろう？」

確かにその通りだ。私はもう一度小さく頷《うなず》く。

共同戦線を張った私たちは、あの手この手で廣渡さんに婚約破棄をしてもらえるように仕向けてきた。

だが、どれも信じてもらえず、未だに廣渡家から正式な婚約破棄を願う申し出は来ていない。

廣渡さんは、意地でも婚約破棄をしないという姿勢を貫《つらぬ》いている。

肩を落として項垂《うなだ》れると、上総くんは「そこで、だ」と強い口調になった。

「こうなったら同棲をして、マザコン男に最後の一押しをする方がいい」

「……っ」

「四六時中一緒にいるとなれば、さすがにあのボンクラ男でも諦《あきら》めてくれるんじゃないか？　もしくは、息子がかわいくて仕方がない母親が婚約破棄を申し出てくれるかもしれない」

「そ、そうかな……？」

それでも渋る私に、挑発めいたことを言い放つ。

「それぐらい大胆なことをしていかないと、あの男、ますます突っ走るぞ？」

「っ！」

顔を上げた私を、上総くんが見つめてきた。

彼の目はとても真剣で、それでいて心配の色が濃く表れている。

ドキッと胸がより一層高鳴ってしまうほど魅力的で、私は慌《あわ》てて視線を逸《そ》らす。

すると、私の手の上に上総くんの手が重なった。ハッとして彼を見ると、熱い眼差《まなざ》しと視線が絡む。

ますます高鳴る胸の鼓動に戸惑《とまど》う私を、彼は説得してきた。

「今は監視するだけで落ち着いているが、やつはいつ何時どんな手でお前に忍び寄ってくるかわからない」

「っ！」

「俺や井江田がいるときならまだいい。だけど、どうしたって一人の時間はできてしまう」

「……マンションで、ってこと？」

「そういうことだ」

深く頷《うなず》く上総くんを見つつ、私は恐怖に震え上がる。

仕事の行き帰りは井江田さんが一緒だし、会社なら私が一人になる時間は皆無《かいむ》だ。

だが、上総くんが言う通り、それでも一人だけになる時間がある。それは自宅マンションに戻ったときだ。

震える唇で私は、彼に意見をぶつける。

「で、でも……セキュリティは万全だし。そこまで心配しなくても」

自分に言い聞かせるように意見しつつも、廣渡さんの異常な執着《しゅうちゃく》心を思い出し、彼なら何か仕掛けてくるかもしれないと不安が募《つの》っていく。

血の気を失った私に、上総くんが容赦《ようしゃ》なく忠告した。

「前にも言ったけど、何事にも絶対という言葉は存在しない。ちょっとした隙に狙われることだってあるんだぞ」

「っ！」

私は何も反論できない。キュッと唇を噛《か》みしめる。

「俺が伊緒里と一緒に住めば、一人きりの時間は少なくなる。それだけでも安全性が一気に高まるだろう。それに、俺と伊緒里が同棲をしているとなれば、婚約破棄も時間の問題になるかもしれない。まさに一石二鳥だ」

「そう……なんだろうけど」

上総くんからの提案はありがたい。だが、躊躇《ちゅうちょ》してしまう。

確かに、廣渡さんならどんな手を使ってくるかはわからない。もし上総くんが一緒にいてくれるのなら安心だろう。

うまくいけば婚約破棄が夢ではなくなるかもしれないのだ。

だけど、これ以上、彼に甘えていいのだろうか。

仕事が忙しい彼が廣渡さんとの件を対応し、尚且つ私と同棲など始めたら、自由な時間がなくなってしまう。

兄貴分のありがたい申し出には感謝しかないが、これはダメだ。

私は、小さく首を横に振った。

「ダメだよ、上総くん」

「は？　何がダメなんだ？」

「私と同棲なんてしたら、上総くんに自由な時間がなくなっちゃう。仕事だって忙しいんだし、そうじゃなくても廣渡さんとの婚約破棄に協力してもらっているのに……。これ以上は、迷惑かけられない！」

「あのなぁ、伊緒里」

「ダメ、絶対にダメ。上総くんは、もっと自分の身体を大事にするべきだと思う。自分では気がつかないだけで、かなり疲れているはず。休息って、とっても大事なんだよ。自分でキチンと管理しなくちゃダメ。わかっている？　上総くん」

勢いよく言い放った私を見て、最初こそ唖然《あぜん》としていた上総くんだったが「プッ！」と噴き出した。

どこに笑う要素があったのか、と私が眉を顰《ひそ》めると、彼は肩を震わせたまま言う。

「まったく、久しぶりに聞いたな。伊緒里の委員長ぶり」

「べ、別に。私、委員長でもなんでもないし！」

「優等生のイイ子ちゃんらしい意見をどうもありがとう」

「バカにしているでしょう!!」

意地悪な上総くんが戻ってきて、私は頬を膨らませた。

だが、彼はなんだかとても嬉しそうだ。こちらを怒らせておいて喜ぶなんて……生粋《きっすい》のいじめっ子だ。

ジトッと恨みがましい目で見つめると、彼は目尻に皺《しわ》を寄せる。

「ここ最近元気がなかったが、委員長発言を聞いて安心した」

「え？」

「いつもの伊緒里だ」

「っ！」

嬉しそうにほほ笑む上総くんは……悔しいけど格好いい。顔が赤くなっていそうで、私は顔を背《そむ》けた。

だが、すぐに叫び声を上げる。

「――ってことで。俺は伊緒里と同棲する」

「ちょ、ちょっと！　上総くん。私の話、聞いていた？」

本気で怒っているのに、彼はどこ吹く風だ。こういうところは、昔から変わっていない。

「聞いていたぞ？　だが、心配はいらない。婚約破棄の件については、俺にもメリットがあるんだ。今更引けない」

「う……」

「とにかく、俺は伊緒里のマンションに住むから」

「え？　う、うち？」

「そう、伊緒里のマンションだ。明日には身の回りの物を持ってくる」

「は……!?」

呆気《あっけ》に取られていると、彼はクックツと意地悪く笑う。

「まぁ、当分の間、伊緒里嬢をお守《も》りするから。安心しろ」

「あ、安心って……」

口ごもる私に、上総くんは不服そうな視線を向けた。

「なんだよ、伊緒里。あのマザコン男に抱かれてもいいのか？　襲われてもいいのか？」

「絶対にいや!!」

想像しただけで、鳥肌が立つ。ブルルと震える私に、彼は容赦《ようしゃ》なく言い放った。

「じゃあ仕方がないんじゃないか？」

「うぅ……」

「俺に頼っておけ。お前が気に病《や》む必要はない。俺にだってメリットはある」

「そうかもしれないけど……」

上総くんがいてくれるのなら、廣渡さん対策は万全だ。だけど、違う問題が浮上する。

私は、血縁関係のない男性と一緒に住んだことがない。

それに私のマンションは、とても狭い。そんなところで、上総くんと暮らしていけるとは到底思えない。

(だって……)

無意識に自分の唇に触れる。

二人きりであの部屋にいると、この前されたあれこれが頭を過《よぎ》りそうだ。

恋人らしい写真を撮るために何度もキスをされ、抱きしめられ……お姫様抱っこをされたことを。

一人でいるときだってそうなのに、上総くんと一緒にいたら、ますます思い出して悶絶《もんぜつ》しそうだ。

(私……上総くんと暮らせるのかしら？)

なぜか楽しそうな彼を見て、これからの生活がどうなるのか不安になった。

だけど、違う感情も見え隠れしている。

私は知らず知らずのうちに胸が高鳴るのを、必死にごまかし続けたのだった。

4

（緊張しすぎて、心臓が壊れそう！）

ただ今、私は部屋の中を行ったり来たりしていた。先ほどから落ち着かない。

インターホンのディスプレイを覗き、外に誰もいないか確認する。

深呼吸をしたあと、部屋の中で汚れた場所はないか、何度目かのチェックをした。

私が挙動不審になっているのには、理由がある。今夜、この部屋に上総くんがやってくるのだ。

とはいえ、以前にも彼は私の部屋に入っている。だから、それだけならここまで緊張しない。

なんと、今夜から上総くんと同居することになってしまった。

昨夜、何度も『私一人で大丈夫だから』と説得したのだが、彼は頑《がん》として聞き入れてはくれなかったのだ。

ここは重要だから、強調しておく。彼とは同居するだけ、同棲ではない。

上総くんにも念を押しておいたのだが『そういう考えでいるから、マザコン男を騙《だま》せないんだ。俺と伊緒里は、恋人同士。それを貫《つらぬ》くために、お前は覚悟を決めたんじゃないのか？』などと言われ、それ以上は何も言えなくなった。

だって、廣渡さんからと思われるストーカー行為に私はとても危機感を覚えている。

こちらがお願いした作戦に私が及び腰では、成功などするはずがない。

わかってはいるのだが、男性とお付き合いをした経験がないため、戸惑《とまど》い困惑するのだ。

しかし、本当に彼が私の部屋で寝食を共にするだけで、廣渡さんは私との婚約を嫌がってくれるだろうか。

もし、その兆《きざ》しが見えなかった場合、もっと違う手を考えなくてはならない。

今回の同居については、特に上総くんから詳しい作戦を聞いていていなかった。

大丈夫だと信じたいものの、イマイチ不安だ。

それに、以前、彼と私が恋人同士を演じたときみたいに、ドキドキして蕩《とろ》けそうな時間を過ごしたら……私はどうなってしまうのだろう。

あのときは短い時間のみだったが、今回はなんといっても一晩を過ごすのである。

いや、一晩だけではない。廣渡さんから婚約破棄を申し出てこない限り、同居が続くかもしれないのだ。

どう考えても、私の心臓が保《も》つとは思えない。

あれこれ考え込んでいると、ピンポーンというインターホンの音がした。私は思わず飛び上がる。

恐る恐るインターホンのディスプレイを覗くと、そこにカメラに向かって立つ上総くんがいた。

通話ボタンを押し、私は彼に話しかける。

「は、はい」

『伊緒里か？　来たぞ』

「う、うん。今、ロック解除するね」

緊張のあまり声が上擦《うわず》った。

すぐさまオートロックを解除し、その旨《むね》を伝える。上総くんは『サンキュ』とだけ言ってディスプレイから見えなくなった。

私の部屋に向かっているのだ。

わかっているが、ドキドキと緊張が高まる。

何をするわけでもなくソワソワと部屋の中をうろついていると、再びインターホンの音が部屋に響いた。上総くんが、部屋の扉の前にやってきたのだ。

彼だと確認したあと、私は扉を開く。

「お邪魔するぞ？」

「……うん、どうぞ」

格好良くスーツを着こなしている彼は、悔しいけどやっぱり素敵だ。

見惚《みと》れている私に気がつかず、玄関で靴を脱いでいる。

彼の傍《かたわ》らには、スーツケースが一つ。上総くんとこの部屋で同居するのだと、改めて思い知らされた。

「……伊緒里？」

彼が何か言っているが、そちらに注意が向かない。

「伊緒里？　おい！」

「え？　あ……えっと、何？」

慌《あわ》てて返事をした私に、上総くんは怪訝《けげん》顔だ。だが、まさか貴方に見惚《みと》れていて返事ができませんでした、などと言えるはずもない。

私は彼から、視線を逸《そ》らした。ばつが悪すぎる。

これ以上何も言わないで、と願う。

その矢先、上総くんが腕を伸ばし、私の後頭部に触れる。胸の鼓動が一層高まり、私は逸《そ》らしていた視線を慌《あわ》てて彼に向けた。

すぐ側に彼の顔がある。ビックリしすぎるあまり、私は仰《の》け反《ぞ》った。

すると、目の前の彼が眉間《みけん》に皺《しわ》を寄せる。

「どうして逃げるんだ？」

「ど、どうしてって……！」

こんなに近くにオリエンタルな美形の顔があったら、誰だって驚くだろう。

それに、キレイな唇が目の前にあるのだ。ドキドキするのは仕方がない。

上総くんの唇を見ると、あの日この部屋でキスをしたことを思い出す。それほどに唇と唇が近い距離にある。キスをされてもおかしくない距離感だ。

視線を泳がせて戸惑《とまど》う私に、彼はより近づいてきた。

キスをする何秒前というほどの近さに、私の顔は一気に熱を帯《お》びる。

しかし、一方の上総くんは未だに渋い顔のまま。

「大丈夫か？　伊緒里」

「……っ」

大丈夫なわけがない。ドキドキしすぎて、倒れそうだ。

言葉を告げられない私を見て、彼の眉間《みけん》の皺《しわ》がますます深いものになる。

「様子がおかしい。体調でも悪いのか？」

「え？」

上総くんの顔が、さらに近づいた。

キスされる。そう思ってギュッと目を閉じていたのに、いつまで経っても唇に柔らかい感触はない。

その代わりに、おでこに何かが触れた。

硬直し続けている私の耳に入ってきたのは、上総くんの心配そうな声だ。

「んー。熱は、なさそうだな」

「え？」

慌《あわ》てて目を開けると、上総くんは私のおでこに自分のおでこをくっつけて熱を測っていたようだ。

不審顔の彼は、ゆっくりと私から離れていく。

ようやく彼の熱が遠ざかり、ホッとした反面、なぜか寂しい。そんな感情に気がついた私は、より頬を火照《ほて》らせた。

「やっぱり、顔が赤いか……？」

「ちょ、ちょっと暑かっただけ。大丈夫、元気だし」

「本当か？」

「本当、本当。ほら、どうぞ」

私が促《うなが》すと上総くんは再び怪訝《けげん》な表情になったが、黙って部屋の中に入った。

初っ端《しょぱな》から、こんなにドキドキさせられていたら、今後が保《も》たない。

ここは憩《いこ》いの場だったはずなのに、ドキドキしすぎて落ち着かない空間になりそうだ。

(これから先が、思いやられる……)

そう思いながら、私も彼の後に続いて部屋に入った。


「――ほら、上総くん。起きなさい!!」

「ん……」

「ん、じゃない！　朝から会議だって言っていたでしょう？」

「……あと、五分」

「あのねぇ、上総くん。そう言って昨日も遅れそうになったの、忘れたの？」

「……んん」

「また、井江田さんが青ざめた顔で部屋に来ないといけなくなるんだから！　って、言っているそばから寝ないのー！」

大きな身体を揺すって必死に起こしているのに、上総くんは一向に目を覚まさなかった。私はほとほと困ってしまう。

リビングに敷いた布団には、今も尚、睡眠を貪《むさぼ》ろうとする上総くんが寝ている。

彼は本当に朝が弱いようだ。これでは桐生家の方々は、相当苦労しているだろう。

いや、今は一人暮らしをしていると言っていたので、井江田さんが苦労しているのかもしれない。

私は何度も上総くんの身体を揺すったが、やはりなかなか起きなかった。

これは井江田さんを呼ぶべきか。携帯電話を持って、私は上総くんを見下ろす。

彼が私のマンションに来てくれてから、三日が経った。

最初はどうなるだろうと心配していたが、この生活にも慣れてきている。

だが、上総くんとの朝の戦いだけは別だ。

今朝もすでにかなりの時間、彼を起こそうと格闘しているのだが、彼は再び夢の中に入ろうとしている。

ペチペチと頬を叩《たた》くと、ようやく上総くんの目が開いた。だが、すぐに不機嫌そうに顔を歪《ゆが》める。

「伊緒里。もっと優しく起こせないのか？」

「起こしました！　最初は軽く声をかけていたんだよ。それなのに、ピクリとも動かなかったのはどこの誰⁉」

「……っ」

「あんまりにも起きないから、井江田さんを呼ぼうかと思っていたところですっ！」

手にしている携帯電話を上総くんに見せると、露骨に嫌な顔をした。

「勘弁してくれ。あれは……ない」

「フフッ」

私は昨日の朝の光景を思い出し、つい噴き出してしまう。

昨日も上総くんは起きなかった。何度身体を揺すっても、耳元で大声で叫んでもピクリともしなかったのだ。

結局、出社の時間が差し迫り、井江田さんが血相を変えて私の部屋までやってくるはめになった。

ほとほと困っていた私が何をしても上総くんが起きないと告げると、井江田さんは『お邪魔してもいいでしょうか?』と断りを入れたあと、上総くんの枕元に立ったのだ。

そして、おもむろに取り出したのは携帯電話だった。

『さて、上総さん。今から動画を撮っちゃいますよ~。撮った動画は、どうなるかわかっていますか?』

『っ!』

すると上総くんは顔を真っ青にして飛び上がり、無言で支度をすると私を井江田さんに託して自分で車を運転して会社に行ってしまった。

あれだけ必死になって起こしてもだめだったのに、どうして慌《あわ》てて起きたのか。

後で井江田さんに聞いたところ、上総くんを狙っている女性陣たちに動画を送ろうとしたのだと言う。

なんでも、なかなかしぶとく上総くんに付きまとっている女性がたくさんいるらしい。そんな彼女らに弱みを握られたら後々大変になると上総くんは警戒しているのだそうだ。

完璧主義で、誰からも一目置かれるために演技をしている彼のことだ。そんなことでも醜聞《しゅうぶん》を曝《さら》すわけにはいかないと考えているだろう。

それを井江田さんから聞いた私は、上総くんを諭《さと》した。

良い格好するのをやめれば女性に追い立てられなくなるし、その分厚い面《つら》の皮を捨てれば楽になるんじゃない、と。

しかし、本人は『仕事がしづらくなる』とピシャリと切り捨てる。

見栄を張りたいわけじゃなく、桐生上総という将来会社のトップに立つ人間としての面子《メンツ》を守りたいということらしい。

確かに彼の周りには、足を引っ張ろうとする輩《やから》がうじゃうじゃいる。

そういう世界で生きてきた彼の処世術だとわかっているつもりだ。

だけど、どこかに力を抜ける場所がなければ息が詰《つ》まってしまわないだろうか。少し心配になる。

そんなことを考えていた私に、上総くんが不服そうな声を上げた。

「相変わらずだよな、伊緒里は」

「え？」

「委員長タイプだ。ガミガミとうるさい」

「な、なんですって⁉」

人が心配してあげているのに、その言い草はない。

そう思って、昨日はふくれっ面になったのだが……

今日は遙《はる》か昔に同じこと——猫を被《かぶ》るのをやめた方がいいと彼に言ったなと、ふと思い出した。

そのときは、喧嘩《けんか》になった気がする。

あの頃から上総くんは、私と距離を置くようになったんじゃなかっただろうか。

未だに寝ぼけ眼《まなこ》の上総くんが再び眠ってしまわないように声をかける。

「ほら、早く起き上がって！　仕事に遅れちゃうよ？」

渋々と起き上がった彼は、その大きな手のひらを私の方に伸ばしてくる。そして、ワシャワシャと頭をがさつに撫《な》でた。そのせいで、髪の毛はグシャグシャだ。

ムッとして見つめると、彼は柔らかくほほ笑む。

「人の心配ばかりだな、お前は」

「え？」

「お前はまず、自分の心配をしろ。仕事、行かなくていいのか？」

携帯電話のディスプレイを見せてくれる。時間を確認した私は、思わず叫んだ。

早くマンションを出なくては、遅刻をしてしまう。

「マズイ!!　とにかく私は出るからね。上総くんも早く準備してよ」

慌《あわ》ててジャケットを着ていると、ボサボサ頭の上総くんが眠たそうに目を擦《こす》りながら近寄ってきた。そして、私の腰に両腕を巻きつける。

「ちょ、ちょっと！　上総くん!?」

急に感じる彼の熱に、驚きすぎて声が高くなる。だが、そんな私に構わず上総くんはクスクスと笑って背後からギュッと抱きしめてきた。

「そう、ギャンギャン騒ぐな」

「だ、だ、だって!!」

離れようともがく私を楽しげに笑いつつ、より力を込めて抱きつく。

「少し待っていろ。今朝は俺も一緒に会社まで送ってやる」

「いや、でも」

「お前はあのマザコン男に狙われているんだ。用心しろと言っているだろう？　まだ婚約破棄されていないじゃないか」

「うぅ……」

その通りすぎて、ぐうの音もでないが、正直今はそれどころじゃなかった。

上総くんに耳元で囁《ささや》かれたせいもあり、恥ずかしさで身体が熱い。きっと、耳まで真っ赤になっているんじゃないだろうか。

私の異変に、至近距離にいる上総くんが気づかないはずがない。だからなんとか彼と距離を置きたいのに、どうして離してくれないのか。

何度か抵抗して、やっと解放された。だが、彼はニヤリと口角を上げて妖しく笑う。

「迷惑をかけたくないという伊緒里の美学をわかってやりたいところだが、それをしたら、より面倒な事態になる可能性が高い」

「……なっ」

「伊緒里なら、わかるだろう？」

わかるからこそ、辛《つら》い。だが、素直に頷《うなず》くこともできなかった。

すると、上総くんが苦笑する。その笑い声を聞いて、申し訳なさが込み上げた。

「自分一人でなんとかしようとしても無駄だ。相手が悪い」

「でも……」

「少し待て。準備を終えたら行くから」

それだけ言うと、彼は洗面所に行く。水の流れる音を聞きながら、私はソファーに腰かけてため息をついた。

上総くんはそう言うけれど、毎日の送り迎えまでさせるのは、井江田さんの負担にもなる。そろそろやめてもいいのではないだろうか。

「だって、この三日。誰かに見られているという気配がないのよねぇ」

あれだけ視線を感じていたのに、上総くんがこのマンションに出入りし始めて以来、視線を感じなくなったのだ。いたずら電話やメールもなくなった。

もう心配する必要はないと考えるのは、浅はかだろうか。

私があれこれ考え込んでいる間に、上総くんは身支度を調《ととの》えて洗面所から出てきた。

「っ！」

先ほどまでは寝ぼけ眼《まなこ》でいつもの威圧感が全くなかったのに、今はビシッとスーツを着込み、隙のない御曹司になっている。

前々から思っていたが、やっぱり格好いい。

彼に見惚《みと》れていた自分に気がつき、慌《あわ》てて視線を逸《そ》らす。

ドキドキしていると、上総くんが近づいてきた。だが、今はまだ彼の顔を直視する自信がない。慌《あわ》てふためく私の胸中など、彼にはきっとわからないだろう。

「どうした、伊緒里。用意はできているか？」

「えっと、はい」

「ん？　体調でも悪くなったか？」

「え……？」

心配そうな顔で私に近づき、彼はおでこを当ててきた。まさに、あと数センチでキスができる距離だ。

何度もされてきたキスを思い出し、カッと頬が一気に熱くなる。

その顔を上総くんに見られてしまった。

至近距離で口角を上げられ、私は仰《の》け反《ぞ》る。だが、それに対抗して上総くんがより近づいてきた。

「なんだ？　伊緒里。俺に見惚《みほ》れていたのか？」

「な、何を言い出したかと思えば。自惚《うぬぼ》れるのもいい加減にしてよ。上総くん」

そんなセリフは強がり以外の何ものでもない。それは自分が一番よくわかっている。きっと目の前の上総くんにもバレているはずだ。

彼はフッと小さく笑って、表情を崩した。最近、彼のこんな顔を頻繁《ひんぱん》に見る。

今回のことがきっかけで彼との壁がなくなりつつあるのかもしれない。そのことに嬉しさが込み上げてくる。

(私……ここ最近、変だよね)

赤くなった顔をこれ以上彼に見せたくなくて、私は咄嗟《とっさ》に視線を逸《そ》らす。

だけど、一度は彼に聞いてみたいとも思っていた。どうして、ここ最近まで私を避けていたのか。

そして……今。なぜ人目がないところでも、こうして恋人同士のように振る舞うのか、と。

「伊緒里？　大丈夫か？」

上総くんの声でハッと我に返る。ふと目に入った時計を見ると、すっかりいい時間だ。

早く会社に向かわなければ、私も彼も遅刻する。

私は慌《あわ》てて立ち上がると、側に置いておいた鞄《かばん》を掴んだ。

「ごめん、上総くん。早く行こう」

「本当に大丈夫か？　伊緒里」

さっきまで私をからかって遊んでいたのに、上総くんは心配してくれる。

昔好きだった兄貴分の彼がいるようで嬉しい。

だが、私は敢《あ》えて表情を硬くして言った。

「はい、大丈夫です。ほら、行こう」

彼の返事を聞く前に、背を向けて玄関に向かう。

今、彼に私の顔を見せるわけにはいかない。にやけているのがバレたら、何を言われるかわからないからだ。

私は慌《あわ》ててパンプスを履き、玄関から出る。タイミングよくエレベーターが開き、二人でそれに乗り込んだ。

エレベーター内には誰もおらず、なんとなくソワソワしてしまう。

先ほどまでも二人きりでいたのに、どうしたらいいのかわからなくなる。

それも、狭い空間。心臓がドキドキと落ち着かない。

エレベーターが一階に停まると、私は沈黙に耐えられずに飛び出した。

エントランスを抜け、玄関ロビーの自動ドアへ進む。

そこで遅れてやってきた上総くんに手首を掴まれ、引き寄せられた。

「ど、どうしたの？　上総くん」

「本当にお前は……。無鉄砲すぎて、ヒヤヒヤする」

「え？」

彼の胸の中に導かれた私は、目を大きく見開いてその顔を見上げる。すると、サッと視線を逸《そ》らされた。

なんだかそれが悲しくて胸の奥がツキンと痛む。一方彼は、辺りを見回していた。

「上総くん？」

「……今日も、いないな」

「え？」

「マザコン男だよ」

解放した私の背中に手を置き、前に進めと促《うなが》す。

「あの男は、本当に読めないからな。お前には慎重になってもらいたいのに」

「あ……」

上総くんは、私の頭に優しく触れる。その甘い仕草に、今度は胸がキュンと締めつけられた。

これはもう、自覚しなくてはいけない。

昔の上総くんがいる。優しくて頼りになる、そんな彼を目の前にして、私の気持ちが加速した。

好きという感情が――

なぜか距離を置かれた過去。ショックで彼に対抗していたけれど、本当は聞きたかった。

どうして、私を嫌いになってしまったの、と。

胸の鼓動が抑えきれなくて、慌《あわ》てて上総くんから視線を逸《そ》らす。だが、未だに私の背中に置かれている彼の手から伝わる熱に心を乱された。

「とりあえず、今の作戦は有効なのかもしれないな」

「え？」

「まぁ、とにかく乗れ」

すでにマンションに、井江田さんが車を回してくれている。ドアを開けてもらい、私は促《うなが》されるがまま車の後部座席に座った。すぐさま上総くんも私の隣に座り、車を走らせるように告げる。

ゆっくりと車が動き出し、彼は小さくため息をついた。

「このまま続けて……あの男が諦《あきら》めてくれるかは、わからない」

「上総くん」

「だが、こうして伊緒里の前からとりあえずでも姿を消した。それなら、このまま恋人ごっこをしておいた方がいいな」

「……ごっこ」

「ん？　何か言ったか、伊緒里」

「ううん、なんでもない」

慌《あわ》てて首を横に振り、私は視線を膝《ひざ》に落とす。

上総くんの言う通り、これは廣渡さん側から婚約破棄を申し出てもらえるようにする作戦だ。

私が男性と深い付き合いがあるとわかれば、廣渡家は嫁にしたいと考えなくなるであろう。

だから、上総くんと恋人らしく過ごしているのだ。

わかっている。いや、頭ではわかっていた、が正しいのかもしれない。

私は彼の言葉に言いようもないショックを受けてしまった。

好きでもない女と恋人の真似事をすることに、上総くんは後ろめたさを覚えないようだ。

自分の利益のためでもあるせいか、特に抱く感情はないらしい。

(そうだよね……恋人ごっこ、だよね)

けれど、私の心には大きなダメージを与えていた。ジクジクと傷が広がる感覚に、私は目をギュッと瞑《つむ》る。

勘違いしてはいけない。これは作戦。恋人ごっこだ。

決して上総くんは、私を女性として愛してくれているわけじゃない。

ようやく縮まった距離を喜んでいるのは私だけだ。

彼にとっては、かつての妹分の危機に手を差し伸べただけ。もしくは、自分に降りかかっている見合いを蹴散《けち》らすため。ただ、その程度なのだ。

今の生活が楽しいなんて思っているのは、私一人。

――実は昔、私は上総くんに淡い恋心を抱いていた。初恋だ。

今もその想いが継続していると自覚してしまった私は、きっと愚かな女なのだろう。

（犬猿の仲のままでよかったのに……）

そんな願いを抱く。だけど、今だけ……今だけは、私は上総くんの恋人として振る舞える。

期限付きの恋人ごっこだが、その間だけでも彼の近くにいたい。

そして、この気持ちは誰にも内緒だ。知られたら最後、再び上総くんに距離を置かれるだろう。

勘違い女は好きではない。そんなふうに切り捨てられるに違いない。

それなら、今のまま……少しの間だけでもいいから幸せな夢を見ていたかった。

タブレットで今日のニュースを読む、上総くんの横顔を見つめる。

この作戦がうまくいったとき。それは、彼との恋人ごっこが終わるときだ。

作戦は順調なようで、廣渡さんは私の周りをうろつかなくなった。となれば、廣渡家が破談を申し出てくるのは時間の問題だ。

何もかもが終われば、私は再び上総くんに距離を置かれ、犬猿の仲に戻る。

そう考えただけで、胸がギュッと締めつけられた。

でも、今だけは上総くんを好きでいていい。恋人ごっこをしている、今だけは――

私は遠くない未来を憂《うれ》い、隣に座る上総くんにバレないように小さく息を吐いた。


上総くんと〝恋人ごっこ〟をするようになって、早二週間。

恐ろしいほど何事もなく私たちは同居していた。

狭い部屋に二人でいても違和感を覚えず、仲良く生活できている。

もちろん、彼に恋心を抱いている私は、心臓がいくつあっても足りないほどドキドキしているのだけど。

加えて、寝起きの悪い上総くんを起こすのが難儀ではあるが、それ以外に二人で生活をしていて困っていることは全くない。

最初こそ、戸惑《とまど》い慌《あわ》てることも多かった。なんと言っても、こんなに狭い部屋だ。

上総くんに至っては、こんなに小さな部屋で過ごした経験が生まれてこの方ない。

ところが、彼の口から不満が出ることは一度もなかった。すんなりこの生活に慣れた様子だ。

私もすっかり上総くんと一緒にいるのが心地良くなってきている。ずっとこのままで、なんてありもしない未来を願うほどだ。

作戦が功を奏しているのか、私と上総くんが同居してからは、廣渡さんの姿は見なくなった。その上、呼び出しもない。

とはいえ、まだまだ油断は禁物だと、上総くんは警告してくる。

こちらに油断をさせておいて、意表を突くつもりかもしれないと言う。

確かに、あの廣渡親子なら何をしでかすかわからない。

こんな状況になっても瀬戸家に何も言ってこないことも、解《げ》せないのだ。

婚約破棄とまではいかなくとも、苦言を呈《てい》されてもおかしくはないのに。

なんと言っても、私が操《みさお》を守っているのか、ホテルの一室に押し込めて確認しようと考えた親子である。

何も抗議してこないなんて考えられない。

この沈黙は恐ろしくもある。

上総くんからは「とにかく警戒しろ」と毎日耳にタコができるほど言い聞かされていた。

そんなある日。日々忙しい上総くんが、わりと早めに帰宅した。珍しくて、うかれる。

どれだけ上総くんが好きなのかと、自分に苦笑したくなった。だが、それを彼に悟られるわけにはいかない。

会食で夕飯を済ませてきたというのでお風呂を勧めたのだが、彼は私をベランダに連れ出し、開口一番「話がある」と言ってガラス戸を閉めた。

こんな場所に、なんの用事があるというのか。

違和感を覚えつつも、疲れた表情の彼に声をかける。

「上総くん、先にお風呂に入ってきた方がいいと思うよ。今日も一日仕事が大変だったのでしょう？　ゆっくりと休んだら？」

お茶でも淹《い》れて中で飲もうか、と誘ったのだが、彼は頑《かたく》なに遠慮して首を横に振った。

私にチラリと視線を向けたあと、ベランダのフェンスに身体を預けて口を開く。

「なぁ、伊緒里」

「ん？」

「ここまで、あのマザコン男がアクションを起こさないのはおかしいと思わないか？」

「うん……私も同じことを考えていた」

大きく頷《うなず》く私に、上総くんはより一層厳しい表情になる。

「で、ここからが本題になる」

「はい」

その硬い表情と声に、私は固唾《かたず》を呑んだ。

何か妙案があるのだろうか。それにしては、彼は厳しい表情のままだ。

何を言い出すのか不安で待っていると、彼は部屋の中を指差す。

「玄関にある下駄箱、あの上を見たことがあるか？」

「え？」

意味がわからず、私は慌《あわ》てて首を横に振る。

確かに玄関には下駄箱がある。作りつけのそれはかなり収納力があって、このマンションを借りるときの決め手の一つでもあった。

靴が好きな私は、かなりの数を持っている。お気に入りの靴は実家ではなくて自分のマンションに置いておきたかったので、大きな収納棚は必須だったのだ。

しかし、下駄箱の上の空間は見たことがない。かなり高い場所でうちにある低い脚立《きゃたつ》では見られないし、そんな機会もなかった。

その下駄箱の上のスペースがどうしたというのだろう。

不審がる私に、上総くんは大きなため息をついて教えてくれる。

「監視カメラが設置してあった」

「え……？」

ビックリして彼の横顔を見つめた。すると、未だに厳しい表情の彼が、私の方に顔を向けてくる。

「なんとなく嫌な予感がして、伊緒里が留守の間に業者を入れて調べさせた」

「調べさせたって……」

「むやみやたらにお前に心労をかけたくないと思って、内緒で調べた。悪い。だが、結果はこの有様だ」

「嘘……そんな」

寒気がする。どうして私の部屋に監視カメラなんてものが存在するのだ。

そもそも監視カメラが設置してあるということは、誰かが私の部屋に忍び込んできた可能性が高い。

ドクンと胸が大きく高鳴る。震える唇は、それ以上何も言葉を発することができない。

私の様子を見て眉を顰《ひそ》めた上総くんは、視線を落とした。

「あのマザコン男が、何もしてこないのがどうしても解《げ》せなかった」

「上総くん」

「そこで考えられるのは……俺たちが本当の恋人じゃないと廣渡サイドが把握《はあく》しているのかもしれないことだろう。何を考えているかはわからないが、でなければ、とっくに向こうは動き出しているはずだ」

「……えっ」

「情報の流出元はどこか。それが思いつかなかったんだが……あるとしたら、この部屋なんじゃないかと思ったわけだ」

「なるほど……」

上総くんの言うことには一理ある。廣渡さんに情報を流すために、これだけ色々と〝恋人ごっこ〟をしてきた。

廣渡さんサイドの監視人に何度も恋人らしい振る舞いを見せてきたはずだから、私たちが同じ部屋で暮らしていることは伝わっているだろう。

それなのに、どうして婚約破棄をしてこないのか。

それは、廣渡さんが私たち二人は恋人同士ではないと思っているせいでは？

しかし、私たちの関係が〝ごっこ〟なのだと知っているのは、上総くんの秘書である井江田さんのみだ。

彼から情報が漏れるとは考えられない。となれば、残るは何者かによって私たちが見せていないものまで調べられている可能性が高い。

そこで、上総くんは業者に頼んで、この部屋に何かないのか調べたのだ。

私に無駄な不安を抱《いだ》かせないよう内緒で実行してくれたらしいが、結果は、彼が恐れていた状況だった。

監視カメラが玄関に一つ。ということは、そのカメラでこの部屋に訪問してきた人物のチェックを廣渡さんサイドはしていたのだ。

しかし、まだ疑問は残る。もし、玄関先で監視していたとしたら、毎日上総くんがやってきていることを把握《はあく》しているはずだ。

それなら、私たちが恋人同士だと勘違いしてもおかしくない。それなのに、廣渡さんは勘違いしなかった。

となれば、もっと決定的な証拠を掴んでいると考えた方がいい。

上総くんの表情を見ても、まだ何か悪いことがある気がする。

そんな予感は外れればいい。外れてほしい。

ギュッと両手を握りしめていると、上総くんはリビングにある置き時計に視線を向けた。

「あの置き時計。伊緒里が自分で買ったのか？」

「ううん……あれは、おばあ様からのプレゼントよ」

「直接、手渡しで貰ったのか？」

「違う。お父様が引っ越しのときに置いてくれて……」

私が正直に答えると、彼は夜空を見上げて深く息を吐いた。

（もしかして、あの置き時計には何か秘密があるの？）

不安になりながら彼を見つめる。

すると、肩を引き寄せられた。もしかして、外に廣渡さんサイドの人間を見つけたのだろうか。

震える身体を強く引かれ、私は上総くんの腕の中にすっぽりと収まった。

「上総くん。もしかして、廣渡さんがつけた監視役の人がいたの？」

「いや、いない」

「え？」

即答だ。

それではなぜ、このタイミングで私を抱き寄せたのか。

不思議に思って見上げると、彼は苦渋に歪《ゆが》む顔をしていた。

瞳の奥が悲しく揺れている気がする。どうしたのかと聞こうとしたのだが、すぐに彼の声に掻《か》き消《け》される。

「その時計。もしかしたら、あのマザコン男からかもしれない」

「え……？」

まさかの言葉に、私は目を丸くした。

頭の中が真っ白になった私を、上総くんがより強く抱きしめる。

ドクンドクンと心臓が嫌な音を立て、私は彼に縋《すが》りついた。

「伊緒里は、あのマザコン男からのプレゼントだと知っていたら、リビングに置くか？」

「絶対に置かない!!」

言い切る私に、彼が小さく頷《うなず》く。私を腕の中から解放したあと、その大きな手で頬を撫《な》でた。

その手つきは、とても慈愛溢《あふ》れるもので……胸の奥がキュンと切なく鳴く。

しかし、彼の表情は未だに硬く険《けわ》しい。

「伊緒里の父さんは、伊緒里がどうして結婚しないのかわかっていないんじゃないか？」

「え？」

「お前の、ただ仕事がしたい、一人暮らしをしたいという我《わ》が儘《まま》が原因で結婚しないと思っているぞ、きっと」

「……っ」

「もしくは、伊緒里の気持ちを勘違いしているのかもしれない」

「どういうこと？」

「伊緒里は廣渡のことが好きだが、意地っ張りな性格が邪魔をして素直になれないんだと考えている節《ふし》があるな。人の前では素直になれない娘を思って、親父《おやじ》さんは嘘をついて置き時計を伊緒里に渡した」

「なっ⁉」

確かに心当たりがある。

なんと言っても、あの父だ。一人娘のことになると、なぜか昔から押しつけがましくなるところがあった。

自分がいいと思ったからこそ、廣渡さんとの縁談を進めようとしているのだ。

まさか、自分が気に入った人物を娘が嫌がるなんて思ってもいない可能性が高い。

あまりの衝撃に言葉をなくすと、上総くんは苦笑いを浮かべて肩を竦《すく》めた。

「何事にも恥ずかしがっている娘には、置き時計をプレゼントしてきたのは廣渡だと明かさず、おばあさんからだと嘘をついた方が素直に受け取ると思ったんじゃないだろうか」

「まさか……いや、でも」

確かにその線はある。祖母からのプレゼントなのだからと、私は迷わずリビングに置き時計を置いた。

もし、廣渡さんからのプレゼントだと知っていたら、間違いなくクローゼットの奥底にしまい込んだだろう。

しかし、これだけあの置き時計を上総くんが気にしているのはどうしてなのか……

不安が押し寄せてきた私は、ソッと彼のスーツの裾《すそ》を握りしめる。

その手を、上総くんは大きな手で包み込み、ギュッと握りしめてくれた。

彼の体温が指から伝わり、不安が消えていく。だが、上総くんが発した言葉に再び心臓が鷲掴《わしづか》みにされたようにギュッと痛む。

「あの置き時計に、盗聴器が仕込まれていた」

「っ！」

ドクンと一際高く胸が嫌な音を立てる。

まさか、あの置き時計にそんなモノが仕込まれていたなんて誰が気づけるというのか。

それでは、今までずっと廣渡さんに生活音を聞かれていたのだろうか。

上総くんが来る前から、そして彼がこの部屋に住むようになってからも……

だから廣渡さんは余裕だったのか。

これで、彼がこの期《ご》に及んでも婚約破棄をしない理由がわかった。

彼は何もかも知っていたのだ。私たちが、廣渡さんに婚約破棄をさせるために〝恋人ごっこ〟をしていたことを。

ゾクリと身体中に鳥肌が立った。世界一大嫌いな男性に、四六時中監視されていたのだ。

気持ち悪さに吐き気がしてくる。

上総くんのスーツの裾《すそ》を握る手にも力が入った。

それに彼も気がついたのだろう。私を抱く腕に、より力が込められた。

今は上総くんのぬくもりが、私の精神安定剤なのかもしれない。フッと不安が薄れていくのがわかる。

彼の背中に腕を回し、私からしがみつく。

ビクッと上総くんの身体が震える。もしかして、私が抱きついたのが嫌だったのだろうか。

傷つきながらも慌《あわ》てて離れようとしたのだが、上総くんに阻止された。

「離れるな、伊緒里。まだ、話はある。本題は、ここからだ」

「上総くん？」

私を抱きしめたまま、彼が声を押し殺して耳元で囁《ささや》いてくる。

「とりあえず、あの置き時計と監視カメラは撤去しないでおこうと思う」

「どうして⁉」

まさかの言葉に、私は声を荒らげた。だが、上総くんは冷静だ。

「監視カメラは玄関のみで特に外す理由もない。それどころか、相手に俺が毎日この部屋に帰ってきていると知らせることができる。問題は置き時計の方だが、業者が言うには盗聴だけで盗撮はされていないらしい。好都合だ」

そんな気持ちの悪いもの、早く取り外してもらいたいし、上総くんならすでに撤去してくれたと思っていた。

それなのに、どうして？

理解に苦しむ。それも、好都合だなんて。

反論しようと口を開くと、彼は真剣な面持《おもも》ちで私を見下ろしてきた。

その目に何か覚悟のようなものを感じて、私は口を噤《つぐ》む。

「静かにしろよ、伊緒里。向こうに会話が漏れてしまう」

「……それなら、早く撤去してよ」

こうして、上総くんがベランダに私を誘導してきた理由はわかった。

部屋の中でこんな会話をしていたら盗聴されるからだ。だが、それならさっさと時計を処分してほしい。

私は小さな声でそう懇願《こんがん》したが、彼は首を横に振った。

「わかっている。だが、これを逆手《さかて》に取りたい」

「逆手《さかて》？」

どういう意味なのか。顔を顰《しか》めて考え込む私に、上総くんはとんでもない発言をしてきた。

「もっとイチャついた様子を聞かせてやろうと思う」

「は……ぇ？」

想像が追いつかず、私は彼の腕の中で慌《あわ》てるばかりだ。

上総くんは一体何を言い出したのだろうか。頭の中が真っ白で何も考えられない。

ただ、一つ言えるのは、彼の提案は突拍子もないということだけだ。

これまでも、上総くんと〝恋人ごっこ〟をしてきた。

廣渡さんの目がつくところで、恋人らしく見えるように色々とイチャついている。

ハグをしたり、お姫様抱っこをしたり。ラブホテルに二人で入ったり、同じマンションの一室で暮らしたり……キスをしたり。

ありとあらゆる手を使って恋人らしく振る舞ってきた。

そんなこれまでの作戦を思い浮かべるだけで顔から火が出そうなのに、もっとイチャつこうとはどういうことだ。

考えただけでも、身体中が羞恥《しゅうち》で火照《ほて》る。

「だから、盗聴器の件は伊緒里の親父《おやじ》さんには伝えていない。なんといっても廣渡が娘の婚約者として最適だと思っている。そんな親父《おやじ》さんに伝えたとしても、取りあってくれないだろう。それどころか、我《わ》が儘《まま》を通すための嘘だと思われる可能性もあるからな。今は、泳がせておく方がいいと判断した」

確かにその通りだ。

私が盗聴器の存在に気がついていないと思わせておけば、相手に油断が生まれる。

そのためには、盗聴器の件を父の耳に入れることは賢明ではない。でも……

狼狽《うろた》える私に、上総くんはなぜかニッと口角を上げて笑った。その笑みを不穏に感じて、私は及び腰になる。

だが、いかんせん彼に抱きしめられていて逃げ出せない。

捕らえられたネズミは、頭のよい獰猛《どうもう》な猫に仕留められるのを待つばかりだ。

困惑した視線を向けると、彼はギュッと力強く私を抱きしめた。

「確認しておくぞ、伊緒里」

「は、はい！」

緊張が走る。上総くんの声にからかいの色は感じない。

私は、背筋をピンと伸ばした。

「以前、ストーカーをしていたのが、マザコン男だとわかったときにお前は言ったよな？」

「え？」

「抱いてほしいって」

「……っ！」

一瞬言葉を詰《つ》まらせたが、慌《あわ》ててそれを訂正する。

「ち、違う！　抱かれているように見せかけたいって言ったの。あのときも、キチンと訂正したわよね？」

「ああ、言っていたな」

「それなら……！」

「お前の望み通り、ラブホテルに行ってみたり、こうして同棲してみたりしてお前と肉体関係があるように見せかけた。だが、向こうは婚約破棄を頼んでこない。効果はゼロだ。それもそうだ。何もかも筒抜《つつぬ》けだったたんだからな」

その通りだ。私は狼狽《うろた》えながらも小さく頷《うなず》く。

彼は、もう一度「確認しておく」と念を押してきた。

「伊緒里、お前はあのマザコン男と結婚する気はないんだよな？」

「もちろん!!　絶対に嫌!!」

即答した私を見て、彼はますます真剣な面持《おもも》ちに変化する。

「じゃあ、もっとイチャついている声を聞かせてやろう。都合がいいことに、マザコン男に直接伝わるツールがあるしな」

「あ……！」

パッと顔を上げる私に、上総くんは大きく頷《うなず》いた。頼もしい表情を見て、私も大きく頷《うなず》き返す。

「婚約破棄、絶対にさせてやる」

「上総くん」

「それには、伊緒里の覚悟が必要だ。本当に婚約を潰《つぶ》すつもりがあるのなら、徹底的にやる。それは、伊緒里もわかるな」

「はい」

これまでのことでそれはつくづく痛感している。

だから私は、即答した。

廣渡家に打ち勝つには、振り切った行動が必要だ。

あの日——廣渡さんがマンションに現れたとき、私は徹底的に縁談を壊そうと誓っていた。その気持ちは今も変わらない。

難しいことでもやりきらなければ未来は開けないだろう。

私のためでもあるが、上総くんのためにも頑張りたい。

もちろん婚約破棄できたら、上総くんとはそれきりになってしまう。

胸がツクンと痛むが、それでも彼には幸せになってもらいたかった。

彼の思う通りに、自分の手で幸せを掴んでもらいたいのだ。

それには、どうしたって廣渡さんに婚約破棄をしてもらわなければ。

私は上総くんを見上げ、唇を強く横に引く。

「やる」

「伊緒里」

「上総くんと、もっとイチャイチャする。それで……廣渡さんに婚約破棄してもらいたい！」

「……っ」

「だから、上総くん。私に協力して？」

もしかしたら、この作戦が最後のチャンスかもしれない。

これで失敗したら私は廣渡家に嫁《とつ》ぎ、上総くんはたくさんのお見合いをしなければならなくなる。

二人の未来がかかった大勝負だ。

これが最後。もし……もし失敗したら、おしまいにしよう。

私は痛む胸を隠し、決意と覚悟を新たにする。

これ以上は、上総くんに迷惑をかけられない。これが、最後の賭けだ。

上総くんの顔をジッと見上げた。一瞬、彼の目が大きく見開いたが、すぐにいつもの様子に戻る。

「じゃあ、行こう」

「……はい」

「絶対に伊緒里を助けてやるからな」

「っ！」

上総くんの存在が、自分の中で大きくなっていく。同時に、嬉しさで視界がぼやけた。

だが今は、とにかく作戦に意識を集中しなければならない。

私は上総くんに手を引かれながら、覚悟を決めて部屋の中に戻った。

5

上総くんに手を引かれてやってきたのは、リビングにある二人掛けのソファーだった。

一人暮らしの私には、ちょうどいいと思って買った代物《しろもの》だ。

しかし、こうして私の隣に男性が座るとなると少し手狭かもしれない。

そんなことを考えていると、視界に影がかかる。

驚いている間に私の身体はソファーに沈み込み、間をあけず上総くんが覆《おお》い被《かぶ》さってきた。

ドキッと大きく胸が高鳴る。何も言葉が出ない。

自分の胸の鼓動しか聞こえず、目を見開く。

私に覆《おお》い被《かぶ》さっている上総くんの顔は真摯《しんし》だ。

相変わらずキレイな顔をしている。オリエンタルで妖しげなその雰囲気に見惚《みほ》れるほどだ。

目を合わせるのが恥ずかしくて視線を下へ向けると、自《おの》ずと動き出そうとしている彼の薄い唇が視界に入った。

「伊緒里、覚悟はいいか」

盗聴器に音を盗られないよう耳元で囁《ささや》く声に情欲をかきたてられて、ますます胸が高鳴る。

本当は覚悟なんて決まっていない。

だが、それを隠して小さく頷《うなず》く。

上総くんは、より私に近づいてくる。そして、誰かに聞かせるみたいに大きな声で言った。

いや、盗聴器を使って聞いているであろう廣渡さんに、だ。

「聞かせてやれよ、お前のかわいい声を」

「っ！」

盗聴器も上総くんの声を拾っただろう。

しかし、上総くんの声に反応したのは、私の身体もである。

彼の声を聞いた瞬間、下腹部がゾクリと粟立《あわだ》った。

低くセクシーな彼の声は、まさに大人の男性といった感じだ。

これまで何度も上総くんには甘く囁《ささや》かれたが、一番ドキッとした。

腰の辺りがモゾモゾとし、なんだか落ち着かない。

恥ずかしくてたまらなくなり、彼を押しのけて逃げ出したい衝動に駆られる。

だが、そんな感情に苛《さいな》まれる一方、身体は動かなかった。いや、動かせなかった。

心がもっと上総くんの声を聞いていたいと願っている。

身体に、情欲の火が灯《とも》っていくのが自分でもわかった。

嘘でもいい。今だけは、彼の恋人でいたい。

心は奪われてしまったのだから、身体だって彼に渡したい。

「かわいいな、伊緒里は」

再び盗聴器に音声を拾わせようと、上総くんは大げさに言葉を紡《つむ》ぐ。

その甘い声に、私の身体は魔法にかけられたみたいに動かなくなる。

トロリとした甘い何かが落ち、身体が蕩《とろ》けていった。

かわいい、と上総くんに言われただけで、心を鷲掴《わしづか》みにされる。

作戦なのだとわかっているのに、どうしても嬉しさが込み上げてしまう。

上総くんに淡い想いを抱いたのは、高校生の頃だっただろうか。

当時、彼は大学生だったはず。私からしたら、何もかもが大人に見えた。

しかし、私の恋は成就《じょうじゅ》しないどころか、彼に距離を置かれてしまったのだ。

だから今だけは……恋人ごっこをしている、今だけは幸せな夢の中を漂《ただよ》っていたい。

そう願うのは、私があの初恋しか知らない浅はかな女だからなのか。

上総くんにひと撫《な》でされた私の頬は、刷毛《はけ》で一塗りしたように真っ赤になっているに違いない。

それを隠す術《すべ》もなく、全てを上総くんに曝《さら》け出《だ》す。

私は彼の耳元で囁《ささや》く。

盗聴器に聞かれないよう、慎重に、だけどしっかりと。

「上総くんも、覚悟はいい？」

ここまですれば、もう逃げ隠れはできない。

私はいい。廣渡さんとの縁談が潰《つぶ》れさえすれば。

だが、上総くんは違う。

彼のお母さんである真美子さんとの約束があるとはいえ、廣渡家からはもちろん、私の実家である瀬戸家からも恨まれる。

はっきり言ってデメリットが大きい。

それでも本当に大丈夫なのだろうか。納得できているのか心配になる。

不安に揺れながら上総くんを見つめていると、彼は目元を柔らかく緩ませてほほ笑んだ。

その表情がとても素敵で、ドキッと胸が高鳴る。そんな私の耳元で彼はごく小さく囁《ささや》いた。

「言っただろう、伊緒里」

「え？」

クスッと声を出して笑うと、私の鼻を指で優しく弾く。

目を丸くした私に、彼は不敵に口角を上げた。

「俺たちは、共同戦線を張った仲だぞ？」

「上総くん」

「俺とお前は運命共同体だ。覚悟は、とっくにできている」

「でも……!!」

大きな声を出しそうになり、慌《あわ》てて口を噤《つぐ》む。

彼の長い人差し指が、私の唇に触れる。

ドクッと胸を大きく高鳴らせていると、彼は私の唇に押し当てていた自らの指に唇を落とした。

上総くんの指があるから、私の唇に彼の唇は触れていない。だけど、息づかいは感じて、ドキドキが止まらなかった。

指をどかせば、唇と唇が容易に触れ合う距離だ。

あの柔らかな唇は、幾度も私の唇に触れている。そのときの感触と熱さを思い出し、顔が一気に火照《ほて》った。

目を大きく見開くと、彼はそのままの体勢で盗聴器に音を拾われないよう細心の注意を払って囁《ささや》く。

「今更、尻尾《しっぽ》巻いて逃げ出せと言うのか？　俺は嫌だぞ」

フッと吐息が唇に触れる。そのたびに、私の心は過剰に反応して身体を震わせた。

怖くて震えているわけじゃない。甘い何かを感じて震えてしまうのだ。

彼の指が、私の唇の輪郭《りんかく》をなぞる。恥ずかしくて顔を背《そむ》けたいのに、背《そむ》けることができない。

身体が甘く震えて、上総くんの命令を待っている。

こんな感覚、今までに味わったことなどない。

「大丈夫、怖くない」

「上総……く、ん？」

「伊緒里は、かわいく声を出して感じていればいい」

上総くんの指が唇から離れ、今度は頬を包み込んできた。親指で頬を撫《な》でられ、くすぐったい。

「っふふ……くすぐったい」

身を捩《よじ》ってこそばゆさを耐える私に、上総くんは少し大きな声で言った。

「そう……素直に声を出せよ。かわいいお前の声、俺はもっと聞きたい」

「っ！」

彼の声は今まで聞いたことないほどに淫靡《いんび》で、尚且つ欲情を孕《はら》んでいる。

身体の芯《しん》が熱くなるのを感じながらも、彼が声量を上げたことを不思議に思った。だが、すぐに理由にたどり着く。

廣渡さんに、恋人らしい触れ合いの様子を聞かせるためだ。

それに気がついた瞬間、落胆した。

けれど、最初からこれはフリだとわかっていたはずだ。

それなのに私は、再び熱情の渦《うず》へ誘われて上総くんに翻弄《ほんろう》されている。

今は……今だけは、上総くんと本当の恋人になりたい。

この先は無理なのだから、こうして利害を共有する今だけは……恋人のように振る舞いたい。振る舞ってほしい。

そんな気持ちで、彼が着ているジャケットを握りしめる。

すると彼は、私の手をジャケットから遠ざけ、その代わりに自分の指を私の指に絡めた。所謂《いわゆる》恋人繋ぎだ。

顔のすぐ側に置かれた上総くんの手と私の手。こうして繋ぐと、大きさがとても違うことに気がつく。

触れてみて、ますます実感した。

「手を繋いでいよう、伊緒里。お前の手が俺以外に触れることは許さない」

「私が掴んでいたのは、上総くんのジャケットだよ？」

「それでも、ダメ。俺の身体に触れていて……伊緒里」

「っ！」

私に覆《おお》い被《かぶ》さっている彼が、耳元で囁《ささや》く。その声は、卑怯《ひきょう》なほどに艶《なま》めかしい。

下腹部がキュンと切なくなり、その感覚に驚いた。

自分の身体がこんな反応をするなんて。そして、その戸惑《とまど》いはますます深くなっていく。

私の耳に、上総くんの吐息が触れた。

次の瞬間、ヌルリと熱い舌が耳の輪郭《りんかく》を確かめるかのように這《は》う。

「つふ……んん!!」

私の口から甘ったるい声が零《こぼ》れ落《お》ちた。

恥ずかしくて口を覆《おお》いたいのに、上総くんと手を繋いでいるため、無理だ。

かわりにキュッと唇を噛《か》みしめると、彼にとがめられた。

「ほら、声を聞かせろよ」

「だ、だって！」

無理だと首を横に振る。すると、彼はまたしても私の耳元で囁《ささや》く。

「これは、作戦の一つ」

「っ！」

「伊緒里は……感じるままに声を聞かせてやればいい」

「上総くん」

そうだ。これは、破談に持ち込むための大切な作戦だ。

私は顔を横に向け、テレビ横に置いてある時計に視線を向ける。

あの時計には、廣渡さんが仕組んだ盗聴器が埋め込まれているという。

こうしている今も、もしかしたら廣渡さんが聞いているのかもしれない。想像しただけでゾッとする。

身体を震わせた私の耳に、上総くんはキスを落とした。

「っひゃぁ！」

咄嗟《とっさ》に耳を隠そうとしたものの、自分の手は未だに上総くんに握りしめられていて、動かせない。

抗議を込めて彼を見上げたのだが、小さく首を横に振られる。

「何も考えるな。俺だけに集中しろよ、伊緒里」

「上総くん」

「伊緒里は、俺に縋《すが》っていればいい」

「え？」

「俺が、お前を守るから」

上総くんは私の右手を持ち上げ、手首に顔を近づける。そして、そこに唇を落とした。

ゾクリとした甘美な痺《しび》れが走り抜け、身体が素直に反応してしまう。

そんな私に見せつけているみたいに、彼は赤い舌で手首を舐《な》める。そのまま彼の舌は手のひらを通って小指にたどり着いた。

「うふ……あ」

つい声が漏れる。耳を塞《ふさ》ぎたくなるほど甘ったるい声だ。

自分がこんな声を出せるなんて、初めて知った。

恥ずかしくてどうにかなってしまいそう。けれど、上総くんは容赦《ようしゃ》なく私を追い込んでいく。

そして、盗聴器に向かって口を開いた。

「なんだ？　伊緒里。もっと舐《な》めてほしい？　……気持ちがいいのか？」

「んっ……ぁ」

小指を口に含み、チュパチュパと音を立てて舐《な》め続ける。

熱を持った彼の舌が小指に絡みついた。

私の指を一本舐《な》めるごとに「どう？　気持ちいいか？」と私の反応を見て、彼は楽しげに口角を上げる。

右手の全ての指を舐《な》め終えたと思ったら、今度は左手の手首に舌を這《は》わそうとしてきた。

「上総くん！　そんなに舐《な》めちゃ……」

私は咄嗟《とっさ》に声を上げる。

右手だけでも頭が沸騰《ふっとう》しそうなほどに恥ずかしかったのに、これ以上は無理だ。

ユルユルと首を横に振って止めたのに、彼は真逆の行動に出る。

「ん？　物足りないのか？」

「……え？」

彼が何を言い出したのか、わからなかった。だが、すぐに理解する。

私が彼を止めたのは、これ以上続けられたら自分がどんなふうになってしまうのかわからず、怖かったせいだ。

指を一本一本丁寧に舐《な》められると、そのたびにゾクゾクとした得体の知れない疼《うず》きを感じた。

この波が続くのかと想像しただけで、身体が甘く蕩《とろ》けそうだ。だから「もう舐《な》めないで」と彼を制止した。

しかし、上総くんは「左手を舐《な》めるのはもういいから、もっと違う所を舐《な》めて」と懇願《こんがん》しているのだと勘違いしたのだろう。

いや、勘違いじゃないかもしれない。

私は熱に浮かされて彼を見上げる。視線が絡み合うと、彼は妖しげに口元を緩ませた。

これは、彼が自分に都合よく勝手に解釈したのだ。間違いない。

私が甘い声でよがるとわかって、わざとしているのだ。

抗議する間も与えず、上総くんの唇が私の唇を捉《とら》える。

最初は唇の柔らかさを確かめるような優しいキス。

次いで何度か、柔らかい感触を味わうようなキスをしたあと、熱を確かめ合うみたいな激しいものに切り替わる。

何度も角度を変え、啄《ついば》む。そのキスに、私の身体と心は蕩《とろ》けていく。

上総くんとは何度かキスをしている。そのせいか、キスという行為に慣れつつある自分に驚きを隠せずにいると、唇に彼の舌が触れた。

私の口内に入りたいという合図なのだろう。拒《こば》まなきゃいけないのに、身体はいとも容易《たやす》く彼を受け入れていた。

厚い舌が、私の口内をくまなく触れる。

歯列をなぞり、全てを暴いて蕩《とろ》けさせていく。

奥で縮こまっていた私の舌を誘い、彼の舌がゆっくりと絡みついてきた。

「っんん!!」

身体の芯《しん》が熱くなる。どうなってもいい、そんな感情が生まれるのと同時に、受け入れたいと願った。

盗聴器越しに廣渡さんが聞いているかもしれない。そう考えただけで羞恥《しゅうち》が込み上げるはずなのに、今はそれどころではない。

ただ、上総くんの愛撫《あいぶ》に素直に反応する。その情動を抑えることはできない。

口内でお互いの舌先が合わさる。ザラザラとした部分を擦《こす》りつけ合う舌での愛撫《あいぶ》に、私の頭は真っ白になった。

グチュグチュとお互いの唾液の音が卑猥《ひわい》に響き、吐息が重なる。

唇が離れ、ふと視線が絡んだ瞬間。上総くんが、上総くんじゃないように見えた。

蠱惑《こわく》的な瞳が私を射貫《いぬ》いている。その視線に捕らわれた私は、大人の色気に酔う。ドクンと胸が一際大きく高鳴った。

今、好きだと伝えたら、彼はどんな反応を見せるだろうか。

今の私たちは〝恋人ごっこ〟をしているだけで、本当の恋人ではない。

昔捨てた想いを伝えたとしても、受け取ってはくれないだろう。

お互いの利益のためだけだ。上総くんは、そう言ってキッパリと私を切り捨てるはず。

だから、この想いを告げるわけにはいかなかった。

この作戦が成功して、私が晴れて自由の身になる。そうなれば、上総くんに来ている縁談も白紙になる。

彼のことだ。ますます仕事に打ち込むはず。

それとも、私ではない、知らない誰かと恋を育《はぐく》むのかもしれない。

唇に残る、上総くんから与えられた熱。火傷《やけど》したかと思うほど、熱くなっている。

だが、その一方で心が冷たくなっていくのを感じた。

上総くんの唇が首筋を這《は》う。再び彼からの熱を感じて、気持ちとは裏はらに身体は快感に身悶《みもだ》える。もう、何も考えられない。

「っふ……ぁんん」

「気持ちいいか？　伊緒里」

そんなこと、答えられるわけがない。

もっと、もっと触ってほしい。もっと……キスしてほしい。

ギュッとソファーを握りしめ、心の中で彼に懇願《こんがん》した。

チロチロと首筋を舐《な》められ、唇で軽く吸われる。そのたびに、腰が淫《みだ》らに震えるのが恥ずかしくて仕方がない。

「伊緒里」

上総くんの声は、とても優しい。手つきも、そして私の首筋を這《は》う唇からも優しさを感じ取れる。

彼が、私に注いでいるのは愛じゃない。わかっていても、縋《すが》ってしまうのだ。

どうか、私を愛してくれますように。……私の深いところまで、と。

ふいに上総くんの大きな手のひらが私の肩をひと撫《な》でし、脇腹辺りに触れた。

「んっ……くすぐったい」

先ほどまでの官能めいた空気と変わり、急に脇腹に触れられたくすぐったさで声を上げる。

そんな私を見て、クツクツと意地悪く上総くんが笑った。

「今はくすぐったくても、いずれ気持ちよくなるときが来るかもしれないぞ」

「え？」

「くすぐったく感じる所は、性感帯が多いって言うじゃないか」

「せ、性感……帯？」

性行為に関するワードにめっぽう弱い私は、恥ずかしくて上総くんから目を逸《そ》らす。

だが、彼は私の顔を覗き込んで視線を合わせてきた。そういうところは、相変わらず意地悪だ。

「俺が、伊緒里の身体を開発してやるから」

「なっ……!!」

「もっと、気持ちよくしてやるから期待しておけよ」

「き、き、期待って」

これ以上は恥ずかしくて彼を問い詰《つ》めることができず、ただ口をパクパクと動かす。

挙動不審でいると、首筋に柔らかく温かい感触がして身体がビクッと震えた。上総くんの唇だ。

チュッと強めに吸われて、思わず声が上がる。

「あ、痕《あと》……つけない、で……ぇ」

咄嗟《とっさ》に出た声は、甘えているように聞こえてしまっただろうか。

羞恥心《しゅうちしん》に苛《さいな》まれていると、上総くんが首筋を舐《な》めつつ聞いてくる。

「ん？　俺の女だって印をつけたいんだけど？」

「ダ、ダメ……ッ」

「そんな甘い声で拒《こば》んでも、拒否しているようには聞こえないぞ？」

クスクスと笑いながら、私の制止を無視して再び首筋に吸いついた。

彼の吐息が首筋に当たってくすぐったい。ネットリと舌で舐《な》められて下腹部はキュンとなった。

背筋に走る淫《みだ》らな快感に身体が跳ねると、彼が耳元で囁《ささや》く。

「大丈夫。痕《あと》は残っていないから」

「本当？」

思わず涙目になって聞いた私に、上総くんはニンマリとした。

「ウソ」

「え⁉」

慌《あわ》てて飛び起きた私に、彼は楽しげに笑う。

「ウソだよ。痕《あと》はついていない。心配するな」

「もう！」

からかわれたことが悔しくて彼の胸元をポコポコ叩《たた》いていると、その手を掴まれた。

彼は顔を近づけて軽くキスをしてくる。

目を泳がせる私のおでこに今度は、チュッと音を立てて唇を落とした。

再びあの甘美な刺激を与えられるのかと私は胸を高鳴らせていたのに、彼は淡々《たんたん》とした様子で小声で言う。

「今日はここまで」

「え？」

今までの淫《みだ》らな雰囲気を払拭《ふっしょく》して、いつも通りの彼に戻っていた。

突然の変化についていけず、私は目を丸くする。

そんな私に、上総くんは口角を上げた。

なんとも言えぬ意味ありげな笑みに恐れを感じる。

彼はソファーを離れて立ち上がると、腰を屈《かが》めて私の顔を覗き込む。

その頬には柔らかな笑みが浮かんでいた。先ほど見た意味ありげな笑みは、私の見間違いだったのだろうか。

不思議がっていると、上総くんは申し訳なさそうに眉を下げた。そして、私の耳元で囁《ささや》く。

もちろん、盗聴器に音を拾われないように慎重にだ。

「悪いな、伊緒里。仕事が残っているのを、すっかり忘れていた。海外からの電話だから、時差があって……そろそろ電話がかかってくる頃だ」

「そ、そうなの？」

不安だった一方で、このままいけるところまで進んでしまいたいと願っていた気持ちもあって複雑だ。

今の私は、情けない顔をしているかもしれない。

そのことに気がついて慌《あわ》てて取《と》り繕《つくろ》おうとする。けれど、上総くんが私の頬をひと撫《な》でした。

ドキッと胸が切なく鳴き、私は彼の目をジッと見つめる。

それに応えるように、上総くんも私を見つめてきた。

その強い眼差《まなざ》しに、再び胸の鼓動が高鳴る。

これから仕事があると言っていたのに、また組み敷かれるのだろうか。

どんどん高鳴っていく鼓動を抑えようとしていると、彼がふいにニッと無邪気に笑った。

その笑みは、とても魅力的で昔の彼を彷彿《ほうふつ》させる。私は、目を見開いた。

そんな私に、彼は耳元で挑発的に囁《ささや》く。

「なんだ、伊織里。そんなに残念そうな顔をするなよ」

「なっ⁉」

まさかそんな意地悪を言われるとは思っておらず、戦闘態勢に入るのが遅れた。

つい先日までならすぐに応戦できたのに、ここ最近、仲良く過ごしていたせいで対応できなかったのだ。

後手に回った私を見て、上総くんは心底嬉しそうに、だけどどこか妖しげな雰囲気を醸《かも》し出しながら小さく笑う。

「これから毎日、お前をかわいがるから」

「え？」

「楽しみにしていろよ、伊織里」

「な、な……んぐ」

なんですって、と抗議の声を上げようとしたその声は、上総くんの唇に奪われた。

彼は、目を見開いたままの私にキスをし続ける。

彼がチラリと薄目を開けたので、視線が絡み合った。

その瞬間、彼の視線が和《やわ》らぐ。その顔は、とても色気があり私の心は鷲掴《わしづか》みにされる。

ゆっくりとキスをやめたあと、呆然としている私に釘を刺すように、上総くんが囁《ささや》く。

「アイツに、俺たちのイチャイチャを聞かせているんだからな」

「あ……」

そうだったと、慌《あわ》てて置き時計に視線を向ける。

もしかしたら、今もこのやり取りを廣渡さんが聞いているかもしれないのだ。油断は禁物だった。

小さく頷《うなず》くと、上総くんが頭を撫《な》でてくる。

ワシワシと乱暴に撫《な》でるので、髪の毛がグシャグシャになった。

「ちょ、ちょっと！　上総くん⁉」

抗議の声を上げると、彼は嬉しそうにもう一度私の頭をがさつに撫《な》でる。

「ほら、風呂入って来いよ。仕事、疲れただろう？」

「……それは、上総くんだって一緒だよね？」

「まあな。じゃあ、一緒に入るか？」

「え……っ！」

また声を上げるところだった。慌《あわ》てて自分の口を手で押さえて、冷静になろうと言い聞かせる。

これは、作戦の一つだ。上総くんは、私とラブラブだと廣渡さんに印象づけたいのだ。

それなら、私だって頑張らなければならない。そもそも最初に肉体関係があるように見せかけたい、とお願いしたのは私なのだから。

羞恥《しゅうち》に苦しみつつも、できるだけ甘えた声を出す。

盗聴器に音を拾ってもらえるよう、気持ち大きな声で。

「じゃあ、先に入っているから。早く来てね、上総くん」

「っ！」

言った傍《そば》から恥ずかしさが込み上げたのだが、それが一層強くなったのは上総くんのせいだ。

彼の顔が一気に赤くなったのだ。

私は、慌《あわ》てて彼の耳元で囁《ささや》く。

「え、演技だから」

「……ぅ」

「真に受けないでよ」

「わ、わかっている！」

私に背を向けてガシガシと乱暴に自分の頭を掻《か》いて、彼は廊下に出ていった。

その後ろ姿を見送ったあと、私はソファーに倒れ込み、クッションに顔を押しつける。

「心臓に……悪いぃぃぃぃ！」

誰にも聞かれないよう、小さく小さく呟《つぶや》いたのだった。


胸が張り裂けそうなほどドキドキして濃厚な時間――盗聴器に対する演技を始めた夜から、六日が経とうとしていた。

毎夜行われる〝恋人ごっこ〟のことを考え、今日は何をされるのかと期待して心臓が痛いほどドキドキしているのは上総くんには内緒だ。

あの置き時計は、今は玄関に置いてある。盗聴器が仕込まれているとわかってからは、そこが置き時計の定位置だ。

恋人ごっこをするときにだけ、リビングに持ち込んでいるのである。

玄関に置いておけば、こちらの生活音は聞こえないらしい。リビングで安心していられるのはありがたかった。

「はぁ……今夜も気持ちよくなっちゃうのかなぁ」

盗聴器がないのをいいことに、私は自分の本音をソファーの上で呟《つぶや》く。

初日は、指と首筋への愛撫《あいぶ》だった。

指を一本一本口に含まれ、チロチロと舌で舐《な》め上げられる。その感触は背筋がゾクゾクするほど甘美なもので、心臓がいくつあっても足りないと思わされた。

しかし、それはまだまだ序の口だったのだ。

色々なパターンをこの五日間で上総くんに知らしめられている。

たとえば二日目には、足の指を丹念に舐《な》められた。

ソファーに座ったままの私の踵《かかと》を掴んで恭《うやうや》しく上げると、彼はまず足の甲にキスを落とす。そして、そのまま指を一本一本舐《な》め上げたのだ。

まさか足の指まで舐《な》められるとは思っていなかった私は、かなり抵抗した。だが、それを軽く窘《たしな》めて上総くんが甘くおねだりしてくるものだから、最終的にはノーと言えなかったのである。

「もっと舐《な》めさせて?」

なんて首を傾《かし》げて言われたら、ついコクリと頷《うなず》いてしまう。

一本一本足の指をチュパチュパッと卑猥《ひわい》な音を立てて口に含まれると、私の喘《あえ》ぎ声が止まらなくなった。

手の指とはまた違った快感に、何度も切ない吐息を零《こぼ》す。

もちろん、その間にも上総くんの甘いセリフは続き、盗聴器には私たちの恋人らしいやり取りがしっかりと捉《とら》えられたはずだ。

三日目は、項《うなじ》と背中だった。

ソファーにうつ伏せになった私に、上総くんが覆《おお》い被《かぶ》さる。

体格差があるので、彼が体重をかけたら確実に私は苦しむ。

それを考慮してくれたのか、上総くんは私に重さを預けてはこない。

ぬくもりを感じられるくらいに私に接近し、項《うなじ》に齧《かじ》りついてきた。

あくまで甘噛《あまが》みではあるが、ビックリする。ゾクリと背筋を甘い痺《しび》れが走り、私はかなり大きな声で喘《あえ》いだ。

指を噛《か》んで声を押し殺そうとすると、彼が耳元で囁《ささや》いてくる。

「伊緒里……声、我慢するなよ」

「だ、だってぇ」

抗議する声も甘ったるくて、自分のものではないように感じた。

また、それが私の羞恥《しゅうち》を煽《あお》る。

けど、これはイチャイチャしている声や音を盗聴している廣渡さんに聞かせるための〝偽《いつわ》りの交わり〟だ。

声を押し殺していたら、作戦の意味はない。

それは百も承知だし、頭ではわかっている。だが、恥ずかしいものは恥ずかしいのだから仕方がない。

「……あんな声出しちゃって、恥ずかしいんだもの」

「っ！」

「上総くん？」

てっきり「これは作戦なんだから、我慢するな！」なんて怒られると思っていた。だが、彼から予想した反応が返ってこない。

名前を呼んで促《うなが》すと、なぜか深くため息をつかれる。

そして、その後の上総くんは執拗《しつよう》だった。

彼は私のカットソーの裾《すそ》を引っぱると、顕《あらわ》になった背中に舌を這《は》わせる。襟《えり》ぐりが広いカットソーだったため、容易に肩甲骨《けんこうこつ》まで見えてしまったらしい。

後で鏡に映して確認すると、背中に何カ所もキスマークをつけられていて大いに慌《あわ》てたものだ。

もちろん上総くんに注意したが、言い訳がましいことを言われごまかされた。

四日目の夜は、胸に上総くんが初めて触れてきた。

ブラジャーもブラウスも着たままだったけれど、私は驚いて何も言えない状態になる。

ショックというより、まさか本当にエッチな行為をするのかという戸惑《とまど》い、そして期待だ。

最初こそ、上総くんの手は慎重だったと思う。

本当に胸に触れていいのか、というためらいをヒシヒシと感じた。

けれど私が彼の手を拒絶しないでいると、段々と大胆になっていったのである。

ブラウスの上から、胸の辺りに手を置く。始めはそれくらいだったのに、胸のラインを堪能《たんのう》するみたいな動きに変化をしていった。

「っふ……んん」

私の唇から零《こぼ》れ落《お》ちたのは、今までにないほど甘い吐息だ。

服の上だから、上総くんの体温を感じることはない。だが、目の前の彼の顔は、どこか熱を帯《お》びている。

それがまた、私の羞恥《しゅうち》と興奮を煽《あお》っていったのだ。

私の吐息が零《こぼ》れ落《お》ちると、彼の手がますます大胆になる。

何度も何度も胸を揉《も》まれ、形が変わるほど愛撫《あいぶ》され続けた。

腰が痺《しび》れ、頭がふわふわする。

盗聴器に向かって、私たちの淫《みだ》らな声を聞かせる作戦。そんなことなど頭の片隅にもなくなってしまい、ただただ喘《あえ》ぎ声を上げる。

上総くんが私の胸を揉《も》むたびに、指が頂《いただき》を擦《こす》って腰が跳ねた。その刺激がたまらなく気持ちよくて涙目になる。

上総くんを見つめると、彼は一瞬息を呑み、一層私に覆《おお》い被《かぶ》さってきた。

「んんっ！」

貪《むさぼ》るように唇を吸われ、口内に舌をねじ込まれる。

口内を這《は》う彼の舌は熱くて、私の何もかもを奪い尽くそうという勢いだ。

歯列をなぞり、舌先で私の舌を擽《くすぐ》る。

私は、咄嗟《とっさ》に上総くんにしがみついた。

何度も角度を変えて口づけを交わしたあと、ゆっくりと彼の唇は離れていく。

白い糸が引き、そしてプツリと切れた。

その様子がとても淫《みだ》らで、私は視線を逸《そ》らす。だが、それを上総くんは許してはくれなかった。

「もっと……俺を見て、伊緒里」

「か、上総く……ん？」

熱に浮かされた私は、その言葉に従う。

紅潮《こうちょう》している顔を曝《さら》したくないのに、それでも彼を見つめ続けた。

「伊緒里の顔、トロンと蕩《とろ》けているな。かわいい」

「え……？」

「もっと、欲しい」

「上総くん？」

何が欲しいのか。その問いには答えてくれず、上総くんは再び私に覆《おお》い被《かぶ》さってくる。

彼の唇の行き先は、私の唇ではなかった。

「か、上総くん！」

彼は胸の辺りに唇を押しつけ、そして――ブラウスとブラジャーの上から頂《いただき》を咥《くわ》える。

刺激はソフトなものだったのかもしれない。

だが、私には充分な快感だった。

ビクンッと身体を跳ねさせる私を、彼が上目遣いで見つめてくる。もちろん、頂《いただき》を咥《くわ》えたままだ。

ゾクッとするほど淫靡《いんび》な視線に、私は息が止まるかと思った。

胸の鼓動がうるさいほど鳴り響く。

「気持ちいい？　伊緒里」

「っ！」

答えられない問いかけに、私の顔がカッと熱くなった。

恐らく、首や耳まで真っ赤になっているだろう。

恥ずかしくて視線を逸《そ》らしたいのに、それを許さないとばかりに上総くんは胸を愛撫《あいぶ》する。

そればかりか、服の上から舐《な》める。

時折、舌を尖《とが》らせて頂《いただき》を突かれ、そのたびに私の口から甘い声が漏れた。

舌だけでは物足りなかったのか。彼の両手は、私の胸を揉《も》みしだく。

どれくらいの時間、私は上総くんに胸を愛撫《あいぶ》されていただろうか。

彼が耳元で「今日は、これでおしまい」と囁《ささや》いてきたときには、すっかり骨抜きにされていた。

上総くんに起こしてもらってソファーに座り直したのだが、先ほどまでの官能的な刺激に身も心も蕩《とろ》けきっている。

けれどふと、視線を自分の胸の辺りに落として、ギョッとした。

ブラウスが濡れ、ブラジャーが透けて見えている。

それを見て、改めて恥ずかしくなった。

淫《みだ》らな行為がひとつひとつと思い出され、側にあったクッションに顔を埋《うず》める。

上総くんの愛撫《あいぶ》を喜んでしまった自分にまたしても羞恥《しゅうち》を覚えた。

私は狼狽《うろた》えているのに、彼はこんなときでも意地悪だ。

盗聴器が仕込まれている置き時計を玄関に持っていき、口角を妖しく上げてリビングに戻ってくる。

「今度は、直接かわいがってやろうか？」

「っ！」

「期待、していただろう？」

目を大きく見開く私に、クツクツと笑い肩を震わせているじゃないか。

私は、彼にクッションを投げつけた。からかわれると、悔しい。

蕩《とろ》けてしまいそうなほど気持ちがよかった。だが、少しだけ物足りなさを感じたのも事実だ。

もし、服の上からではなく、彼の指が直接胸を愛撫《あいぶ》したのなら……。一体どんなふうに感じるのだろうか。

それを想像して内心悶絶《もんぜつ》する。けれど、それは絶対に上総くんには内緒にしようと心に誓う。

そんな四日目が終了したのだが、問題は五日目だった。

その日も服を着たまま作戦決行となったのだが、今度は服の裾《すそ》から上総くんの手が侵入してきたのだ。

横腹を指で触れられ、ゾクリと背筋が甘い予感に震える。

身を捩《よじ》ると、彼にとっては好都合だったようだ。

ソファーに横向きになった私の背に手を入れ込み、ブラジャーのホックをいとも簡単に外す。

慌《あわ》てて仰向けになったのに、彼の手はすばやくブラジャーを押し上げて直接胸に触れた。

その手のひらから伝わる熱を感じるだけでもドキドキする。無防備になった胸に触れられ、心臓が止まりそうだ。

彼の手が、優しいタッチで胸を撫《な》でる。柔らかさを確認するように、丁寧で慎重に。

上総くんは、いつもそうだ。

段階を踏んで、徐々にステップアップする。

いきなりトップギアでは攻めず、私の気持ちが落ち着くまでは優しい。

しかし、ひとたび私が慣れてきたと感じると、一気に上級者レベルにまで行動をステップアップするのはいただけない。

荒く呼吸を乱し、私はただ彼の手に翻弄《ほんろう》された。

「ああっ！　ふ、んん！」

長い指がすでに主張をし始めていた頂《いただき》に触れた瞬間、快感のあまり背を反《そ》らす。

昨日、直接触れられたらどうなってしまうのだろうと想像した。

だが、こんなに腰が切なく震えるほど気持ちがいいとは予想もしていない。

何度も指で頂《いただき》を弄《いじ》られ、私は涙目で彼を見上げる。

すると、なぜか上総くんが息を呑んだ。

どうしたのか、と首を傾《かし》げている間に、彼は昨夜と同様、服の上から頂《いただき》を咥《くわ》える。

昨日も服の上からだった。だが、今日はそれと違う。

薄手のシャツの上からとはいえ、ブラジャーが押し上げられている状態だ。

ほとんど直接咥《くわ》えられているのと同じだろう。

舌で擦《こす》られ、私は絶え間なく甘い声で啼《な》く。

「あ、あ……っ、だ、だめぇ。上総く……んっ！」

「かわいい。もっと、啼《な》けよ」

盗聴器に音を拾わせるつもりで言ったのだろう。

しかし、私はその上総くんの願いに応えようとしてしまうのだから困ったものだ。

かわいい、と言ってもらえて嬉しくて仕方がない。これが作戦の一つだったとしても嬉しいのだ。

キュンと下腹部が切なく収縮する。

何度も甘い吐息を漏らす私に、上総くんはクスッと淫靡《いんび》に笑った。

「ほら、見てみろよ。伊緒里」

「え？」

フワフワとした意識の中、曖昧《あいまい》に首を傾《かし》げた私に、彼は先ほどまで自分が唇と舌で愛撫《あいぶ》していた箇所を指差す。

「伊緒里のここ。ツンッて尖《とが》っている」

「っ！」

指で突かれ、私は「あんっ！」と声を出してしまった。

慌《あわ》てて口を押さえたが、その手を上総くんによって外される。

「もっとかわいい声を聞かせてほしいって言わなかったか？」

「っ！」

盗聴器越しの廣渡さんに向かって言っているのだと知っている。

だが、私の頭は都合良く彼の言葉を解釈したがっていた。

感じて声を上げる私を見たい、と上総くんが望んでくれているのではないか、と。

そんなはずはないのに。

「もっと……してほしい」

「っ！」

思わず唇から零《こぼ》れた、私の本音だ。

すぐに我に返って「違う、そうじゃなくて」と言い訳を並べようとしたのに、上総くんの唇がそれを阻《はば》む。

今までで一番激しく情熱的なキスを仕掛けられ、私は何度も彼の舌に翻弄《ほんろう》された。

キスをしながらも彼は大きな手で私の胸を愛撫《あいぶ》し続ける。

官能の世界で、私の身体はトロトロに蕩《とろ》けた。

ショーツがグチャグチャに濡れる。

それを確認したトイレで、恥ずかしさに目眩《めまい》を起こしそうになったのは誰にも内緒だ。

そんな五日目も終了。六日目の今夜はどうなってしまうのか。ソワソワしてくる。

だが、冷静な私が、忠告した。

段々とエスカレートする〝恋人ごっこ〟。これは廣渡さんを騙《だま》すための演技なのだ、と。

頭ではわかっている。だけど、どうしても自分の中にあった女の部分が彼を求めるのだ。

上総くんが好き。そう自覚してしまった私に、この偽《いつわ》りの交わりは甘い毒だ。

彼が本当に自分を愛してくれているのではないかと、儚《はかな》い夢を見る。

そんな幸せがあるわけがないのに。

何度自分に言い聞かせても、頭の片隅で願っている。

このまま、私を好きになってくれたらいいのに、と。

もっと先まで進んで、私を丸ごと貰ってくれればいいのに、と。

私の身体に触れる上総くんの手、そして唇はとても優しい。勘違いするのは仕方がないじゃないか。

甘く優しく囁《ささや》き、ちょっぴり意地悪なことを言う、上総くんの薄い唇。

ジッと私を見つめる目は、どこか熱を持っていて視線を外せなくなる。

上総くんには口が裂けても言えないことを、心の奥底では願っているのだ。

私の全てを暴いてほしい。服を脱ぎ捨て、生まれたままの姿で上総くんに愛撫《あいぶ》してほしい。

そんな願いは、一生、叶わないのだろう。

実際、彼は一線を越えない。

正しく〝偽《いつわ》りの交わり〟なのだ。愛もない。

そこに存在するのは利害が一致した者同士の共同戦線。ただ、それだけだ。

きっと、今夜も私が甘い吐息を漏らし、もっとしてほしいと懇願《こんがん》する一歩手前で、彼は行為を止めるのだろう。

私にもっと魅力があれば、欲求のままに手を出してくれるかもしれないのに。

上総くんにとって私は、女性としての魅力がないのだろう。

私の身体に触れてキスをしても、特に何も感じはしないに違いない。

だからこそ、この作戦に乗ってくれたのかもしれないが、やっぱり落ち込んでしまう。

何度目かのため息をつき、私は携帯電話で時間を確認した。

そろそろ上総くんが帰ってくる時間だ。先ほど会社を出た旨《むね》のメールが彼から届いていた。

今夜は、どんな夜になるのだろう。

少しの緊張と、少しの好奇心。

そして、ほんの少しだけの希望を抱いて彼を待つ私には、強靭《きょうじん》な心臓が必要だ。

ドキドキと忙《せわ》しなく鼓動が高まるのを感じつつも、平静を取《と》り繕《つくろ》おうと必死になる。

少し落ち着きたくなり、私は窓辺に移動してカーテンを開けた。

眼下に広がる緑地公園は闇に包まれ、静寂を保っている。

日中は子供たちの遊ぶ声が響き、人が行き交うが、夜にもなると静かなものだ。

「どうなるんだろう……」

未だ、廣渡さんサイドからの動きは皆無《かいむ》だ。

常に盗聴しているとは限らないので、この行為は何度か続けなければならない。そう、上総くんは言っていた。

その通りだとは思うが、早く進展してほしい。

そうでなければ、〝恋人ごっこ〟の回数が増すたびに私は欲張りになってしまう。

ずっと上総くんと、一緒にいたい。もっと、彼に近づきたい。

もっともっと……好きでいたい。犬猿の仲に戻りたくない。

そんな我が儘《わまま》を口にしそうで、怖いのだ。

早く廣渡さんとの縁談をぶち壊したいのは、本音である。あの人とは、一生を共にできない。無理なものは無理だ。

だけど、婚約破棄をされたら、上総くんと会う機会がなくなる。

意地っ張りで意気地なしの私では、手を伸ばして「貴方が欲しい」とは言えない。それがわかっているからこそ、どうしたらいいのかわからなくなってしまう。

大きくため息をついたあと、私はカーテンを閉めようとした。そのときだ。

「何をため息ついているんだ？　伊緒里」

背後から誰かが私を抱きしめて、耳元で囁《ささや》いた。その低くて男らしい声に、身体が甘く蕩《とろ》けそうになる。

ビクッと身体を震わせたあと、私は再びため息をついた。

「ビックリした。音を立てずに入ってこないでよ、上総くん」

「ん？　キチンと鍵も開けたし、普通に入ってきたけどな。伊緒里が聞いていなかっただけだろう」

「そ、そう？」

思い悩んで自分の世界に入り込んでいたのかもしれない。

ばつが悪くてごまかしたのだが、上総くんは未だに私を背後から抱きしめたままだ。

「上総くん？」

「ん？」

「は、離れて？」

「どうして？」

「どうしてって……」

「もう……始めているぞ？」

「え？」

恐らく、玄関に置いておいた時計を彼はリビングに持ってきたのだろう。作戦開始の合図だ。

しかし、カーテンは未だに開け放たれたまま。窓には私の困惑した顔と、上総くんの顔が映っている。

ガラス越しに彼から見つめられ、ドキッとした。

視線を外せずに、そのまま硬直する。

上総くんの目に、艶《つや》めいた光がゆらりと宿った気がした。

「上総くん？」

ギュッと抱きしめられ、彼の唇が私の項《うなじ》に触れる。ゾクリと粟立《あわだ》つような快感が背を走り、私は慌《あわ》てた。

「ちょ、ちょっと！　上総くん？」

「何？」

「何？　じゃないわ。こんなところで」

カーテンは開け放たれたままだ。その上、部屋の中は明かりがついているので、外から私たちの姿が丸見えだ。

それなのに、上総くんは私を背後から抱きしめたまま項《うなじ》にキスをしている。

こうして注意している最中も、やめない。

ペロリと首筋を舐《な》め、時折チュッとキスをする。そのたびに違う快感が私の身体を駆け巡り、蕩《とろ》けていった。

「かわいい、伊緒里」

「か、上総くん。向こう……行こう？」

カーテンを閉めて、ソファーに行きたい。

そう提案したのだが、彼の手は未だに私を抱きしめ、動こうとはしなかった。

それどころか、Tシャツの襟《えり》を引っ張り、私の肩を露出させる。そこに彼の舌が這《は》う。

私の腰が切なく疼《うず》いた。

だが、それを解消するものはないどころか、ますます快感を植えつけられる。

チュッチュッと何度も上総くんは肩を啄《ついば》む。淫《みだ》らすぎるこの状況に、私はただ呼吸を荒らげた。

今、縋《すが》れるものは窓ガラスだけ。身体を押しつけて快感に喘《あえ》いでいると、お尻に硬いものが当たる。

今、私の身体に触れているのは、上総くんの身体のみだ。

(う、うそ……っ!)

グッと私の身体に押しつけられているのは、男性の大事なところ。それもかなり硬くなっている。

それに気がついた私は、カッと一気に熱くなった。

間違いない。これは上総くんの猛《たけ》りだ。

間近で見たことも、まして触ったことなど一度もない。

それなのに想像してしまう。

一気に忙しくなった脳裏だが、ホッとする自分もいた。

昨夜までの五日間。その気になっているのは私ばかりで、彼は冷静だと思っていたのだ。

なんせ終わったあとの彼はいつも通りで、私ばかりが慌《あわ》てふためき恥ずかしがっていた。だからこそ、悔しく歯がゆかったのだ。

私は上総くんが好きでも、彼が私を敬遠していることは知っていた。

だから、彼に私に対する特別な感情は存在しない。そんなふうに思っていたのである。

しかし、この猛《たけ》りに触れた今。それは違っていたのだと証明された。

私を女性だと意識してくれていたのだ。

上総くんが、私を女性として触れてくれている。その事実がわかった今、強気な気持ちが戻ってきた。

けれど、同時に少し彼が心配になる。

ずっと窓ガラスに縋《すが》っていた私だったが、グルリと身体を回転させて彼と向き合う。

「上総くん」

「ん？　キスして欲しくなったか？」

そう言って彼は腰を屈《かが》めて、顔を近づけてきた。だが、私はその唇を手で押さえる。

眉を顰《ひそ》めた彼をまっすぐ見つめて、その心配事をぶつけた。

もちろん、盗聴器に聞き取られないよう、彼の耳元で慎重に。

「ねぇ、上総くん。私がこんなことを言うのは変かもしれないんだけど。大丈夫？」

「は？」

意味がわからない様子の上総くんに、つま先立ちをして彼の耳に口をより近づける。

話の内容が内容なので、盗聴器があるにしろないにしろ大きな声は出せない。

「男の人って……そのぉ、我慢できなくなるとかってないの？」

私は上総くんに身体に触れられ、キスをされ……そして甘い愛の言葉を貰う。そういったこと全てに、私は欲情している。

セックスをまともにした経験もないのに、好きな人にこうして触れられるだけで身体が疼《うず》いてしまうのだ。

上総くんの場合、私を異性として好きなのではないだろう。

だが、誰にだって欲求というものは存在する。だから今、上総くんの下半身は熱く猛《たけ》っているのだ。

顔が熱くなる私に、上総くんは小さく苦笑した。

そして、彼も耳元で小さく囁《ささや》く。

「最後までしなくて大丈夫かって言いたいのか？」

「う、うん」

コクコクと何度か頷《うなず》くと、困ったようにほほ笑む。

「ああ、大丈夫だ」

「そう……」

その答えに、私は落胆した。やっぱり私は恋愛対象に入っていないから、上総くんは遠慮している。

私自身に興味がないから、抱くつもりはない。彼は、そう言いたいのだ。

なんだか悲しくなってきた。胸の奥がズキズキと痛んで叫びたくなる。

「ほら、伊緒里。こっちに来い」

カーテンを閉めた上総くんが、私の手を引いてソファーへ向かう。

そして、私をソファーに座らせ、自分も隣に腰を下ろした。

いつもなら、このまま彼に押し倒されて、甘く蕩《とろ》けそうなほどの愛の言葉を囁《ささや》かれ、キスを身体中にされる流れだ。

予想通り上総くんは、私の両肩に手を添えそのまま押し倒そうとする。

だが、私はそれを拒《こば》んだ。

「伊緒里？」

彼の手を振り払い、先ほど自分のお尻に当たっていた猛《たけ》りに手を伸ばす。

スラックスの上からでもわかるほど、それは猛《たけ》っていた。思っていた以上に硬くて、私は目を見開く。

一瞬呆気《あっけ》に取られていた上総くんだったが、すぐに私の手を払いのけた。

「バ、バカ!!　伊緒里は、そんなことしなくたっていい」

彼の鋭い声に怯《ひる》んだものの、我に返った私はムキになる。

「私だけなんて……申し訳ないし。ううん、違う。私が上総くんに触れたいの」

「伊緒里？」

「上総くんが好き……。好きなの！」

一方通行な恋を目の当《ま》たり《あ》にして悲しい。

上総くんにも、私を見てほしい。私を……欲してほしい。

涙で視界が滲《にじ》んでいく。それでも、もう気持ちを止められなかった。

彼が私に触れるのなら、私だって貴方に触れたい。

気持ちが私に向かないのなら、せめて今この時間は私だけの上総くんでいてほしいのだ。

そんな願いを込めて手を伸ばしたのに、彼はそれをやんわりと退《しりぞ》け急に立ち上がった。

彼を見上げても、シーリングライトの光が逆光になっていて表情まで読み取れない。

「伊緒里はしなくていい」

それだけ言うと、上総くんは鞄《かばん》を掴んで部屋を出ていった。

私の告白に返事をせず、背を向けた上総くん。

唖然《あぜん》として彼の背中を見送っているうちに、玄関のオートロックがかかる音がする。

私に残ったものは、羞恥《しゅうち》と後悔だ。

「上総……くん」

涙が溢《あふ》れ、頬を伝って流れていく。

その滴《しずく》がソファーの上の手に落ちた。

幾重《いくえ》にも落ちていく涙を拭《ぬぐ》えず、私はただただ玄関を見つめ続ける。

「ハハハ……やっぱりダメかぁ」

身体から力が抜け、ソファーに寝転がった。

シーリングライトの光がまぶしいからと自分に言い訳をして、両腕で目を覆《おお》う。

視界をシャットアウトした瞬間、この部屋には自分一人しかいないのだと実感して胸が苦しくなった。

上総くんが私に触れるのは、あくまでフリだ。

それなのに、そこに余計なモノが加わってしまった。私の恋心だ。

上総くんから触れられるたび、キスをされるたびに、私の恋は大きく育っていった。

それはもう、抑えきれないほど大きなモノに変化していたのだ。

彼にも私を望んでほしいと願ってしまう。

私が彼に触れられて喜ぶように、彼にもまた同じ気持ちを抱いてほしかった。

それは完全な私のエゴだ。

だからその願いは、無残にも砕け散った。

上総くんは、私が彼に触れたいと言っても断ったのだ。

据え膳食わぬは男の恥。なんて言葉があるが、食われなかった据え膳はこのあとどんな末路をたどるのか。

縋《すが》ることも許されず、人知れずゴミ箱に捨てられてしまう、とか。

上総くんはもう、この部屋にはやって来ないだろう。共同戦線も解消だ。

「嘘でもいいから……恋人ごっこでいいから、一緒にいたかったよ」

私は声を上げて泣いた。

もう二度と戻らぬ、愛しい男性を思い泣き崩れる。

すぐ側には、盗聴器を仕込んだ置き時計。私のこの悲痛な声も、廣渡さんに届いているのだろうか。

だけど、もういい。どうにでもなれ、だ。

上総くんとの関係が修復しないのなら、誰と未来を歩いても一緒。

上総くんの香りが残るこの部屋で、私はただ涙を零《こぼ》し続けた。

＊＊＊

「――あれ？　上総さん。どうしたんですか？　まだもう少し伊緒里さんのところにいても大丈夫ですよ？」

「ああ」

俺は、伊緒里が住むマンションの駐車場に井江田を待たせていた。すぐに会社に向かう手筈《てはず》はついている。

『一時間したら戻ってくる』と言っていた本人が三十分も経たずに戻ってきたのだ。井江田が驚くのも無理はない。

今夜九時からネット会議が行われる予定だったのだが、少しでも伊緒里の顔を見るために帰ってきたのだ。

ネット会議が終わる時間では午前様になる。マンションに帰ってきた頃には伊緒里は寝ているだろう。

彼女が心配だということはもちろんだが、ただ会いたかった。

ここ最近は、頭の中が伊緒里でいっぱいになっていて自分でも戸惑《とまど》っている。

だが、あれこれ考える前に身体が彼女を求めた。ただ、彼女に触れたい、声を聞きたい。笑顔を見たい。それだけなのだ。

こちらから距離を置いていたのに、すっかり骨抜きになっている。

その理由にも気がついていた。

もっとも、色々なしがらみがあって彼女には言い出せていない。

もっと先に進みたいと願いながらもそれをグッと堪《こら》えている。

ところが、先ほどの伊緒里の行動に頭が真っ白になってしまったのだ。

俺は後部座席に身体を預け、今し方起きた出来事を思い出す。

まさか、伊緒里があんな暴挙に出てくるとは予想もしていなかった。

相手は恋愛初心者、男に免疫もない。もちろん、性行為などもってのほかだ。

少しずつ時間をかけて、俺に慣れさせたい。

この計画の陰で、そんな邪《よこしま》な考えを抱いていた。

マザコン男と伊緒里の婚約破棄をうまく利用している、悪い男だ。

だから理性を総動員して、伊緒里の全てを奪うマネはしてこなかった。何度か理性がすり切れそうになったものの、自分を止めてきたのである。

それが、伊緒里自ら俺に誘いをかけてきたのだ。

このまま押し倒してしまいたい。押し倒してしまっても問題はないだろう。そんな欲求に駆られたが、どうにか堪《こら》えて逃げてきた。

理性がなんとか勝ったのだ。自分を褒めてやりたい。

だが、次に伊緒里に会ったら……今度こそ理性など、ぶっ飛ぶだろう。

彼女の気持ちがわかった今なら、押し倒しても問題はないのかもしれない。

本音を言えば、あの柔らかで甘い唇に貪《むさぼ》りついて、俺の手によって啼《な》かせよがらせたかった。でも——

「上総さん？　伊緒里さんと何かあったんですか？」

「……っ」

「ここのところ、いい雰囲気だったのに。伊緒里さんを怒らせたとかじゃありませんよね？」

「……どうして、俺が悪いことになる」

ムッとして口を曲げると、ルームミラー越しに視線が合った井江田がニンマリと口角を上げた。

「上総さんは素直じゃないですからね。猫を被《かぶ》っていい人ぶるから、ここぞと言うときに本心を打ち明けられなくなるんですよ」

「知ったようなことを」

「知っていますよ、僕は。なんと言っても、ずっと君の家庭教師をしていましたからね。伊緒里さんとは今まで直接お話しする機会はなかったですけど」

「……っ」

「伊緒里さんをかわいがっていたことも。どうして彼女と距離を取らなければならなくなったのかも。ぜーんぶ、知っていますから」

「うるさい」

「上総くん」

井江田が久しぶりに俺を〝くん〟呼びする。

俺の家庭教師をしていた頃、彼は俺を〝上総くん〟と呼んでいた。〝上総さん〟と呼ぶようになったのは、俺の秘書になってからだ。

懐かしい響きは、井江田がかつて自分の師だったことを思い起こさせる。

「なんでも聞きますよ。この井江田先生にかかれば、どんなお願いでも聞いてみせましょう。君の手となり足となり仕事を全《まっと》うします」

心強い。俺は唇に笑みを浮かばせて、井江田に言う。

「じゃあ、まずはスケジュールの調整。その後は……わかっているな」

「わかっていますよ。仰《おお》せのままに」

全て言う前に、井江田は気持ちを汲《く》んでくれた。

俺が、これからどうしたいのか。この車に乗り込んだ時点で、わかっていたのだろう。

いや、もしかしたら、もっと前から薄々気がついていたのかもしれない。

何もかもを用意し根回ししている手際の良さだ。

さすがは、俺の師。全てお見通しである。

車がゆっくりとマンションの駐車場から動き出す。俺はマンションを見上げ、伊緒里の部屋の明かりを確認した。

「ごめんな、伊緒里。……もう少しだけ待っていてくれ」

彼女に届かぬ言葉など、吐いても仕方がないかもしれない。だが、言わせてほしい。

「愛してる……」

何年か越しに気がついた、自分の気持ちを――

6

「――君との縁談は白紙にした、と雅彦くんの父上、家元にはすでに伝えたはずだが？」

「納得がいきませんよ、瀬戸先生。僕と伊緒里ちゃんの結婚を、ずっと楽しみにしてくださっていたじゃありませんか」

上総くんが私の部屋からいなくなって、三日後。私は実家の瀬戸家にいた。

父に急に呼び出されたのだ。

秘書の坂本さんが直々《じきじき》迎えにきた時点でただ事ではないとは思っていたが、やはり緊急事態だった。

なんと廣渡さんが、瀬戸家に直談判に来ていたのだ。

私の顔を見た瞬間、彼は駆け寄ってきて縋《すが》った。

だが、二度と会いたくない人だ。

私は後ずさりをして、坂本さんの陰に隠れる。

しかし、それが彼のプライドを傷つけてしまったらしい。

廣渡さんが私に手を上げたところを、父が制止した。

「女に手を上げるような男は言語道断《ごんごどうだん》！　それに、娘に対する数々の不埒《ふらち》な行為。隠し通せるとでも思っていたのか。この馬鹿者が！」

一瞬たじろいだ廣渡さんは、どうにも納得がいかなかったのだろう。怒りを発露できず、掴まれていた腕を勢いよく振り払った。

その反動で父は尻餅《しりもち》をつき、元々悪かった腰をさらに痛める。

すぐさま廣渡さんはＳＰたちに取り押さえられて別室に連れていかれた。父のことである。タダでは済まさないだろう。

腰を痛めた父は、そのまま布団に横になった格好で、廣渡さんとの婚約解消を伝えてきた。

どうやら廣渡さんが私にストーカー行為をしているとの情報を掴んでいたようで、証拠を集めていたのだと言う。

瀬戸家が動いたと気がついた廣渡さんは、ストーカー行為を自粛していたそうだ。

どうりで廣渡さんが私の周りから姿を消していると思った。

となると、どうやら私と上総くんが行っていた〝恋人ごっこ〟のおかげというわけではなさそうだ。

いや、廣渡さんがストーカー行為を止めた理由は、今はどうでもいい。彼との縁談が白紙になれば、それでいいのだ。

廣渡さんには、色々なことをされてきた。挙げ句、父にまで危害を及ぼしている。

縁談白紙は、当然の結果だ。

ホッと胸を撫《な》で下《お》ろした私だったが、父に新しい縁談について言い渡される。

もっとも詳しい話は何もなく、ただ新たな見合い写真と釣書《つりがき》を渡されただけだ。

そのとき、父は複雑な表情を浮かべていた。

けれど何か言いたげな父を振り切った私は、渡された釣書《つりがき》の中身も見ず、もぬけの殻《から》状態で庭を歩く。

地方にある瀬戸の本家は、広大な敷地面積を誇っている。

その日本庭園には池もあり、立派な錦鯉《にしきごい》が悠々と泳いでいた。

そして今、私は紬《つむぎ》の着物に身を包んでいる。

実家では、和服姿が原則だ。

こういうところにも窮屈さを感じる。だからこそ、私はこの家から出ていきたくて仕方がなかった。

瀬戸家の掟《おきて》――女子は家が決めた人と婚姻を結ぶという決まりを守ることを条件に、都内で一人暮らしをしＯＬとして働いていた私。

けれど、瀬戸家から逃げられたわけではない。わかってはいたが、こうして現実を突きつけられるとなんともいえない気持ちになる。

そして何より、自分の恋は成就《じょうじゅ》しないのだと空笑《そらわら》いしたくなった。

そもそも上総くんとは、これで終わりだ。

「振られたのに……。往生際が悪いぞ、伊緒里」

いや、振られたというより、それ以前の問題だ。

上総くんは元々、私を避けていた。それなのに、私が好意を寄せたから戸惑《とまど》ったのだろう。

彼は私に手を差し伸べてくれた恩人だ。こんな形で終わってしまって申し訳ない。

直接会ってお礼をしたいところだが、今更どんな顔をして会えばいいかわからなかった。

恐らく、上総くんは私からのお礼も謝罪も受けつけない。

私を敬遠していた彼にしてみたら、二度と目の前に現れないと誓った方が謝礼になるはずだ。

とにかく、廣渡さんとの縁談は白紙になった。それによって、上総くんも縁談から逃《のが》れられるはず。きっと喜ぶだろう。

「考えているそばから落ち込んできた……」

池の畔《ほとり》でしゃがみ込み、鯉《こい》を見つめる。

私が餌《えさ》を持ってきたとでも思ったのか、鯉《こい》たちはパクパクと口を開いて、餌《えさ》が放り投げられるのを今か今かと待っていた。

「ごめんね、今は何も持っていないのよ」

鯉《こい》に謝りながら腰を上げると、離れで私を呼ぶ声がする。

「伊緒里〜！　こっちにいらっしゃいな」

振り返ると、離れの縁側で祖母が手を振っていた。

常に和服姿の祖母は、とてもチャーミングな人だ。いつも笑顔を振りまいていて、誰しもがほんわかとした気分になる。

久しぶりに彼女の顔を見たが、とても元気そうだ。私は小さく手を振り返す。

この特殊な家で、祖母は昔から私の味方でい続けてくれた。そんな祖母に笑顔を見せる。彼女には、あまり心配をかけたくない。

「おばあ様、お久しぶりですね」

「そうよ。伊緒里ったら、仕事が忙しいって言って、なかなかこっちに帰ってきてくれないんですもの」

「申し訳ありません。本当に忙しくて」

「うふふ、わかっているわよ。さぁ、こちらにいらっしゃい」

縁側には座布団が敷かれ、お茶と菓子が用意されていた。

どうやら私が実家に戻ってきていると知り、待っていてくれたらしい。

時代錯誤《さくご》も甚《はなは》だしい実家だが、こうして祖母がいるとホッと心が落ち着く。

促《うなが》されるまま座布団に腰を下ろすと、すぐさまほうじ茶が差し出された。

「おばあ様に淹《い》れていただいたほうじ茶を飲むのは、久しぶり。……うーん、良い香り」

「伊緒里が来るって聞いたから、先ほど茶葉を煎《い》っておいたの。うん、いい出来だわ」

祖母はほうじ茶を啜《すす》ったあと、私を見てニンマリと意味ありげに笑った。

「伊緒里ったら、少し見ないうちに女らしくなったじゃないの」

「ブッ!!」

何を言い出すのかと思えば、まさかそんなこととは。私は思わず噴き出した。

ゲホゲホとむせる私の背を擦《さす》り「大丈夫？」と心配する祖母に、苦言を呈《てい》する。

「おばあ様。何をおっしゃるんですか？」

「何って。私は思ったことを口に出しただけですよ」

ニッコリとほほ笑む様《さま》は、人畜無害《じんちくむがい》といった雰囲気だ。

だが、この人はなかなかに曲者《くせもの》なのである。そうでなければ、こんな時代錯誤《さくご》な家を切り盛りできないだろうけど。

何か裏があるかもしれない。ジトッとした視線を向けると、彼女は私の胸中を察しているかのようなことを言い出す。

「男に愛されると、女はキレイになっていくものよ」

「……別に誰にも愛されていません。縁談も白紙になったし」

「あら？　そうかしら？　それに、廣渡さんとの婚約に乗り気じゃなかったのだから白紙になってよかったじゃない」

「……それはそうですけど。とにかく、私は誰にも愛されていません！」

廣渡さんの〝あれ〟は愛ではない。家と家のしがらみ。大好きな母親の望みを叶えてあげたいという感情だけだ。

よくよく考えれば、私は男性から愛されたことがない。その事実に打ちのめされ、項垂《うなだ》れる。

そして、小さく息を吐いて願望を口にした。

「男性から愛される、かぁ……。そんな人と出会えると幸せですよね」

自分で言っていて悲しくなってくる。

一方通行の愛だけでは、恋は成就《じょうじゅ》しない。

それを経験したばかりの私にとって、この言葉は痛くて重い。

再び息を吐き出して肩を落としていると、祖母は意外そうに目を見開いた。

「何を言っているのかしら、この子は」

「え？」

「もう出会っているんじゃないの？」

「何をおっしゃって……」

「ほら、桐生さんのところの上総くんよ。彼に愛されているんじゃないの？」

思わず目が点になる。

口をぽっかりと開けて固まる私を見て、祖母は「一つ白状しておくわ」と申し訳なさそうに切り出した。

「貴女《あなた》が一人暮らしをするときにあげた置き時計があるでしょ？」

「え？　あれは本当におばあ様がくださったの？」

「あら？　伊緒里に渡してくれって貴女《あなた》のお父様に頼んでおいたのに、聞いていなかったの？」

不思議そうにしている祖母を前に、私は大いに慌《あわ》てる。

あの置き時計は確かに「おばあ様からだ」と言って、父が私に渡した。

だけど、その時計を調べたら盗聴器が仕込まれていたので、私と上総くんは「廣渡さんがお父様に預けたのだろう」という考えに至ったわけだ。

廣渡さんからのプレゼントだと聞けば、私が拒否するかもしれない。そう考えた父の策だと疑ったのだが、その予想は外れだったのだろうか。

つまり、あの盗聴器に向かって私たちが恋人らしいイチャイチャをしたのを廣渡さんが聞くことはなかった。

私と上総くんは大きな勘違いをしていたらしい。

目の前が真っ暗になるのを感じつつも、どうして祖母があの置き時計を私にプレゼントしてきたのかが気になる。

「どうして、おばあ様が盗聴器を？」

「やっぱり気がついていたのね」

祖母は「ごめんなさいね」と眉を下げて謝罪してきた。

「でも、安心して！　引っ越し以降、一度も使用していないわ。もちろん上総くんが出入りしていると知ってからも、使用していないわよ」

「おばあ様!!」

私が怒ると、彼女は手を合わせてもう一度謝る。

確かに安心はした。だって、あんなことやこんなことをしていた声を身内に聞かれたなんて、考えただけでも顔から火が出る。

ホッと胸を撫《な》で下《お》ろしていると、祖母が再び爆弾発言をした。

「本当に安心して、伊緒里！　貴女《あなた》のお父様にだって聞かせたことないし」

「っ！」

「データも破棄したし、通信機は処分しちゃったから大丈夫よ！」

「大丈夫って……盗聴器が仕込まれている時点で全然大丈夫じゃありませんよ」

「あら、大丈夫よぉ。お父様には通信機を捨てたことは内緒にしてあるし。未だに私が伊緒里を監視カメラと盗聴器で監視していると思い込んでいるもの」

「それってどういう意味ですか⁉　監視カメラもおばあ様が⁉　お父様も一枚噛《か》んでいるの？」

脳天気な祖母に、呆《あき》れかえる。

今回の監視カメラと盗聴器の件に父が関わっているとしたら、やはり安心はできない。

洗いざらい全部話してもらうつもりで前のめりになると、祖母は唇を尖《とが》らせて拗《す》ねた。

「あのね、伊緒里。今回廣渡さんとの縁談が流れたの、あれは私のお手柄でもあるんですからね」

「え？」

目を見開いて驚いていると、はしゃいだ声を出す。

「手違いで監視カメラを起動させてしまったら、伊緒里と上総くんが二人並んで仲良く玄関にいるんですもの。貴女《あなた》のお父様に、二人は付き合っていますよって進言したから破談になったんですよ」

「そ、そうなんですか⁉」

「ええ。実はホテルでの一件、こちらにも情報が入ってきていてね。まさか、廣渡家のご子息が伊緒里をホテルの一室に押し込めて不埒《ふらち》なマネをしようとするとは思っていなかったし、ストーカー行為までするだなんて、と貴女《あなた》のお父様もビックリしてね。もう、カンカンだったのよ。その上、伊緒里は上総くんと付き合っているかもしれないからと、すぐさま婚約破棄を申し出たってわけ。でも、廣渡家からしたらなんとしても繋ぎたい縁だったんでしょうね。かなり渋られて、なかなか時間がかかっちゃったそうよ。挙げ句、今日はご子息までここに乗り込んでくるんですもの。困ったものだわ」

やっぱり廣渡さんとの婚約破棄は、向こう側が申し出たわけではなく、瀬戸家が働きかけたようだ。

ホテルでの一件が父の耳に入ったとなれば、上総くんが私にキスをしたことも筒抜《つつぬ》けだったはず。そして、そんな二人が同棲を始めた。

その上、その情報を祖母がキャッチしたため、瀬戸家としてもこれ以上廣渡家と繋がるわけにはいかないと判断したのだろう。

そこに廣渡さんがストーカー行為をしていることが明らかになり、破談に持ち込めたのだ。

これで納得だ。

色々わからなかった事柄が合致して、思わず唸《うな》る。

だが、しかし——

感謝してよね、となぜか胸を張る祖母。

確かに助かったし、ありがたいことには違いない。

思わず絆《ほだ》されそうになったが、問題は残っている。

それは、どうして監視カメラと盗聴器を仕込む必要があったのかということだ。

それを問うと、彼女はほうじ茶を啜《すす》ったあとに逆に私に問いかけてきた。

「そもそも、どうして伊緒里が一人暮らしできたと思っているの？」

「そ、それは……私が廣渡さんとの婚約を受け入れると約束したからですよね？」

「バカねぇ、それだけで貴女《あなた》のお父様が許すと思っていたの？」

「違うのですか⁉」

てっきりそれで安心して一人暮らしを許してくれたと思っていたのだが、違うようだ。

目を見開く私に、祖母は肩を竦《すく》めて監視カメラと盗聴器を仕込んだ経緯を話してくれた。

「伊緒里に対しては超がつくほど心配性のお父様よ？　そんな約束だけで許すわけがないわ」

「確かに……」

祖母の言う通りだ。父は堅物だし、私のことは異常に心配する。それは昔からだ。

「だけど、伊緒里の気持ちもよくわかっていたから、私が貴女《あなた》のお父様に進言したのよ。私が時折マンションに行って伊緒里を監視するからって。だけど、それでも心配で踏ん切れなくてグチグチ言っているので、それなら監視カメラを設置して防犯対策をしつつ、ついでに盗聴器を設置して私が監視するって言ったら、ようやく折れたのよ」

あのときは大変だったわねぇ、と祖母は遠い目をして言う。

「あれらは、貴女《あなた》のお父様の目くらましのつもりで設置しただけよ。私は一切監視するつもりはなかったんだけど、誤って起動させちゃったのよねぇ」

そのときに、私と上総くんが玄関先にいるところを監視カメラで見たということらしい。

下駄箱の上の監視カメラと、祖母からのプレゼントだった置き時計には、そんな事情があったのか。

しかし、あの盗聴器付き置き時計が廣渡さんからじゃなくて本当によかった。

あの盗聴器の通信機は、私と上総くんが同棲を始めてすぐに祖母が粉々に壊して捨てたようだし一安心だ。

ただ、こんな手を使わないと心配で仕方がないと思っている父には困ってしまう。

肩を落としてため息をつく私の手に、祖母の手が重なった。

驚いて顔を上げると、なぜか再び拗《す》ねた様子で唇を尖《とが》らせる。

「盗聴器で二人のやりとりを聞いちゃおうかなっと思ったけどやめといたわ。感謝して」

「おばあ様!!」

そもそも、こういうやり方はよくない。いくら身内だからといってプライバシーは守られるべきだ。

目をつり上げてもう一度怒ると、祖母はまたしても心底申し訳なさそうに謝った。

だが、元はと言えば父の心配性から始まったわけだ。祖母は、なんとしても孫の私を独り立ちさせてあげたいという一心だったに違いない。

私は小さく息をついて、首を横に振る。

「もういいですよ、おばあ様。監視カメラは一度しか使用してないし、盗聴器は未使用なんですよね？」

「ええ、もちろん」

「それならいいです。私のために色々と考えてくれてありがとうございます」

「伊緒里」

「おばあ様のおかげで、私は一人暮らしもできたし、社会人として働くことができたんですもの。だけど……もう、こういうのは勘弁ですよ！」

「わかっているわよ。許してくれて、ありがとう。伊緒里」

ギュッと私の手を握りしめてホッとしている祖母だったが、次の瞬間、とりあえずこの件は終了とばかりに満面の笑みを浮かべた。

「でも、上総くんが部屋に来ているのを見てビックリしちゃったわ」

「ええ……まあ」

まさか廣渡さんとの婚約破棄を目指して同棲していたとは言いづらい。

言葉を濁した私に気がつかない様子の彼女は、嬉しそうに会話を続ける。

「そして、もっと驚いたのは、伊緒里の表情ね」

「え？」

「上総くんと顔を見合わせているときの伊緒里ったら、すっごくかわいい顔をしているんですもの。彼に恋しているのねってほほ笑ましかったのよ。すごく嬉しかったわ」

「おばあ様」

そこでもう一度、祖母は私の手をキュッと握りしめた。

「お父様は、貴女《あなた》の気持ちを誤解しているわよ？　知っている？」

「え？」

「先ほど、お父様とはお話ししたんでしょ？」

「……新しい縁談が来たって聞きましたけど。写真も釣書《つりがき》も見ずに飛び出してきちゃいました」

「そう。次のお相手は、お父様の高校のときの学友のご子息。なかなかのイケメンだし、性格もいいからオススメよ」

「そう……」

廣渡さんとの縁談を潰《つぶ》したたって、第二候補である男性が来るだけだ。

どう足掻《あが》いても、私の未来は決まっている。一生を共にしたいと願う相手とは結ばれる運命にはない。諦《あきら》めるしかないのだ。

落胆している私に、祖母は小さく息を吐く。

「でも、それでいいの？　伊緒里。貴女《あなた》、上総くんが好きなんでしょう？」

「……っ」

何も言わず黙りこくる私の背中を叩《たた》いた。

「このまま何も言わず、何も行動を起こさなければ……上総くんとは結ばれないわよ？　だって、貴女《あなた》のお父様、誤解しているんですもの」

「え？」

「貴女《あなた》と上総くん。仲が良すぎたでしょ？」

「仲良しなんかじゃ……。私は彼に敬遠されていたんですよ？　私も何かと反発していたし」

「まぁ、そうよね。それを見ていたから貴女《あなた》のお父様は誤解しているのよ。伊緒里が、心底上総くんを嫌っているんだって」

「は……？」

目が点になった私に、困惑めいた顔をした祖母が肩を竦《すく》める。

「貴女《あなた》のお父様、男女の関係に疎《うと》いからね、思い込んでいるのよ」

「は、はぁ……」

「それで、伊緒里は上総くんに騙《だま》されている！　早く新しい男に目を向けさせなくては！　って騒いで、新しい縁談を持ってきたってわけ。伊緒里を見ていればわかるのにね。上総くんに邪険にされるようになったあとも、ずっと彼のことが好きだったんでしょ？」

「おばあ様……」

全部お見通しだ。私が長い間気がつかなかった上総くんへの恋心にも気がついていたのだろう。

今度は、私が祖母の手を握りしめる。

「このままでいいの？　運命の相手は、昔からの腐れ縁で繋がっていたんじゃなくて？」

「……あっ」

「伊緒里は、とても優しかった上総くんが貴女《あなた》を遠ざけた理由をまだ聞いていないんでしょう？　何もかもを諦《あきら》める前に、一度話してみたらどう？」

「……うん、そうですね」

曖昧《あいまい》に笑って答えたが、そんな機会はもうない。

何もかもが遅すぎた。もう、私は……上総くんに会えないのだ。彼が嫌がるに決まっている。

そして明日仕事があるからと、実家から急いで帰った私を待っていたのは、上総くんの秘書である井江田さんだった。

上総くんから預かったと言って、私のマンションの合鍵を私に手渡す。

「先日まで伊緒里さんのご自宅に上総さんがお邪魔していましたから、心安まるときはなかったんじゃないですか？」

「え……えっと、そんなことは」

確かに心安まるときはなかった。

だが、それは不快なものではない。

上総くんの一挙一動に嬉しくなって、ドキドキしていただけだ。

それを井江田さんに言えず言葉を濁していると、彼は寂しそうに眉を下げた。

「そういえば、うかがいましたよ」

「え？」

「廣渡氏との縁談は白紙になり、すでに次の縁談が持ち上がっているそうですね」

「あ、あの……」

井江田さんの言う通りだが、父が次の縁談を用意していることは今日知ったばかりだ。

なぜもう、彼が知っているのだろう。

それはともかく、私は納得していないし、縁談は断るつもりでいる。

その旨《むね》を告げようとしたのだが、私の言葉は彼の声に掻《か》き消《け》されてしまった。

「……お互い、違う道を歩まれるんですね」

「え？」

どういう意味だろうか。私が井江田さんを見上げると、彼は悲しそうに視線を逸《そ》らす。

「伊緒里さんと上総さん、とてもお似合いでしたよ。このまま付き合ってしまえばいいのにと何度も思いました」

「井江田さん」

「しかし、伊緒里さんは新しい縁談をお受けになるのですよね」

「えっと、その話はどこから？」

私は一度も承諾していない。

結論など何も出ていない状況で、そんな噂話《うわさ》が先行しているなんて……

父の仕業《しわざ》だろうか。外堀から埋める魂胆《こんたん》なのかもしれない。

頭を抱える私に、井江田さんは困った表情をする。

「上総さんからですよ」

「え……？」

まさか、上総くんから聞いたというのか。

愕然《がくぜん》として私は震える唇で問う。

「……上総くんは、なんと言っていましたか？」

井江田さんは一瞬戸惑《とまど》った様子を見せたあと、再び視線を逸《そ》らした。

「伊緒里さんが決めたのなら、その意志を尊重する、と」

その言葉に、膝《ひざ》から崩れ落ちそうになる。

上総くんは私に新しい縁談が来たことを喜んでいるのだ。

その後も井江田さんが何か言っていたが、全て耳を通り抜けていく。

ただ、渡された合鍵が、冷たく重く感じられる。

気がついたときには、すでにその場に井江田さんはいなかった。どれほど長い間、立ち尽くしていたのだろう。

息を吐く唇は震え続けている。それほどのダメージを受けた私は、生きる屍《しかばね》だ。

その状態で自宅のドアを開ける。

「ただいま」

もしかしたら、上総くんが帰ってくるかもしれない。そんな淡い期待も完全に打ち砕かれた。

私の手の中にあるのは、この部屋の合鍵。そして、部屋にあった上総くんの荷物は、一つ残らずなくなっていた。

もう、この部屋には戻ってこない。そういう意味だ。

これで妹分の心配はなくなったと、彼は安堵《あんど》しているだろう。

「上総くんは、私の境遇に同情してくれただけ」

ポタッとフローリングの床に、涙の滴《しずく》が落ちる。落ちていく涙が、口に出せない気持ちの代わりに吐き出された。

「婚約破棄になったから、上総くんの縁談も白紙になったよね？　よかったね」

足の力が抜けていく。私は涙の跡がいくつも残る床にしゃがみ込んだ。

「私、すごく上総くんに迷惑をかけちゃったけど……だけど、ちょっとは役に立ったのかな？」

これで上総くんは自由になれる。煩《わずら》わしい見合いなどせずに済むのだ。

仕事人間で忙しい彼の役に少しは立てただろうか。

次から次に、彼との思い出が押し寄せてくる。

色々なことがあったのに、印象に残っているのは彼の優しい笑顔だけだ。

「嫌いだなんて言わないで。敬遠なんてしないで……ううん、嫌いでいいから。犬猿の仲でいいからっ」

私は顔を両手で覆《おお》って、泣きむせぶ。

「会いたい。上総くんに会いたいよ……!!」

この泣き声は、誰のもとにも届かない。

盗聴器はすでに機能していないし、何よりこの部屋に上総くんはいないのだから。

初めての失恋に、私はどうしたらいいのかわからなかった。

「私、もう二度と恋なんてできない……恋なんてしない」

上総くんと恋ができないのなら、誰ともしたくない。しようとも思わない。

私はただ、上総くんの面影《おもかげ》を失恋で傷ついた心に抱《いだ》きながら泣き続けた。


何も行動に移せずに、ただ縮こまるだけ。

そんな日々を過ごしていたら、あっという間にお見合いの日がやってきた。

今回のお見合いについて、私は父に抗議していない。

何を言っても無駄なのは、わかりきっている。だから、言うつもりはない。

上総くん以外の男性なら、誰でも一緒だ。そんなふうに考えるのは、失恋の痛手を引きずっているからなのだろう。

もう恋なんてしない。できない。今の私には、恋をしようとする気力さえない。

しかし、瀬戸家の人間として、結婚はついて回るもの。どんなに拒《こば》んだとしても、自分で相手を決める未来はやってこないのだ。

上総くんでなければ、どんな人と結婚しても一緒。それなら、さっさと決めてしまった方がいい。

これで、振り袖を着るのは最後になるのだろう。

人生の墓場に行く気分の私に、艶《あで》やかで豪奢《ごうしゃ》な振り袖は釣り合いが取れない。

そう考えつつ、私は両親に先に行ってもらい、お手洗いを済ませに行った。

手を洗いながら、前面の鏡に映し出される自分を見つめる。

生気がないのは、上総くんに拒絶されたあの日からだ。

あれから私の心は、フワフワとどこかを彷徨《さまよ》っているように不安定。

それでも、運命には逆らえない。瀬戸家の女子として、私は私なりに家を背負わなければならないのだ。

ここは昔から瀬戸家が贔屓《ひいき》にしている料亭。

一部屋一部屋が離れになっている客室は色々な趣向が凝《こ》らされており、好奇心を擽《くすぐ》られるのだが、今の私にはそれを楽しむ余裕は皆無《かいむ》だった。

お見合いが予定されている個室は、敷地の奥深いところにある。なんでも要人たちが密会をするのに使われているともっぱらの噂《うわさ》だ。

それに、その個室からは美しい枯山水《かれさんすい》の庭が眺められることも有名である。

瀬戸家としても、この見合いに力を入れていることがよくわかった。

なんにしろ、瀬戸家の長女である私は一度縁談に失敗している。だから父が、なんとかこの縁談を纏《まと》めようと必死なのだろう。

選挙も近い。とにかく地盤固めに必死な彼にとって、地元の有力者である廣渡家との縁談が破談になったことは計算外だったに違いない。

この縁談にかける意気込みは強いと思われる。

しかも祖母の話では、父は私が上総くんに騙《だま》されていると思い込んでいるという。

不届き者に娘を捕られてなるものか。自分が選んだ男に渡したい。そんな気持ちもあるのだと考えられる。

私が足取り重く個室に近づくと、荒々しい声が響いてきた。父だ。

その声を聞いた私の足は竦《すく》んでしまう。父の相手の声にも聞き覚えがあったのだ。

(でも、まさか……そんなはずはない！)

半信半疑になりつつも、もしかしたらと期待を胸に抱く。

慌《あわ》てて襖《ふすま》を開くと、そこには土下座をしている上総くんがいた。

私が部屋に入ってきたのにも気がつかない様子で、私のお見合い相手らしい人に懇願《こんがん》している。

「伊緒里さんとの結婚を、諦《あきら》めていただけないでしょうか？」

畳に擦《こす》りつけるようにして、ずっと頭を下げ続けていた。

その様子に、父が声を荒らげる。

「上総くん、失礼だろう。今日、君をこの席には呼んでいない。早く退室しなさい」

すると、鋭い声を上げる父に向き直り、上総くんがもう一度頭を下げる。

「失礼なのは百も承知です。ですが、どうしても譲れません。お許しください」

「……っ！　早く出ていきなさい！」

父の怒号が響き渡った。だが、上総くんは一歩も引こうとしない。

そして、再びお見合い相手の男性に頭を下げる。

「伊緒里さんとの縁談、諦《あきら》めてください」

「上総くん!!」

父が彼の肩を掴んで、立たせようとした。だが、それを拒《こば》み続ける上総くん。

一体これは、どういうことなのだろう。

私はいてもたってもいられず、声をかける。

「上総くん、どうしてここにいるの!?」

彼の傍《かたわ》らに座ると、彼はシレッとした口調で言った。

「筋を通しに来た」

「筋……？」

意味を聞こうとしたのに、上総くんは再び頭を畳に擦《こす》りつける。

「伊緒里さんと結婚を前提にお付き合いさせていただきたく、お願いに参りました」

まさかのセリフに、私は言葉が出てこない。

上総くんは今、なんと言ったのか。

私の聞き間違いでなければ、私と付き合いたいと言っていなかったか。それも結婚前提だなんて……

唖然《あぜん》としている私を余所《よそ》に、上総くんと父の応酬は続く。

一方的にお願いをする上総くんに、少しの間のあと、父が冷たく言い放った。

「君が大学生の頃、私は桐生家ではなく君個人に伊緒里との結婚を打診したはず。家のしがらみで考えるのではなく、君の気持ちを聞きたかったからだ。それを君は断ってきた。忘れてしまったのか？」

「……っ」

「それに、問題はその後もだ。うちの娘を毛嫌いし、邪険にするようになった。今更結婚をさせてほしいなんて虫が良すぎないか？」

初耳だ。そんな話、聞いたことがない。

視線を上総くんに向けると、彼の視線と絡み合った。まっすぐに私を見つめたあと、彼は父を真摯《しんし》な瞳で見る。

「あのときの私には覚悟が足りませんでした。まだ大学生の身、少しずつ社会を知り跡取りとして歩き始めたばかり。とても、伊緒里さんを嫁に貰う余裕なんてありませんでした」

「上総くん……」

彼の声には、悲痛なものがあった。両手を握りしめ痛みに耐える彼を見ると、私も胸がツクンと痛む。

「大事にしていた伊緒里さんだからこそ、貰うわけにはいかないとお断りしたんです。あの頃、私は実家の会社を前にし、自分の力のなさを痛感していました。何万人という社員、そして下請け会社の人々をキチンと守っていけるのか。会社の跡取りとしても頼りない男が、大事な彼女を貰うことはできないと判断しました」

上総くんの言葉が胸を打つ。

彼が大学生だったのなら、私は高校生だったはずだ。

そういえば、その頃からだった。上総くんが私から距離を置くようになったのは。

不明だったパズルのピースが嵌《は》まり、私は目を見開く。

もしかして、これが犬猿の仲になったきっかけなのだろうか。その答えを知りたくて、彼の次の言葉を待つ。

「それにあのとき、瀬戸さんが私に声をかけたのは……政治的な絡みがありましたよね?」

「っ!」

言葉をなくした父を見て、その話が正しいのだと悟った。

顔を歪《ゆが》める父に、上総くんは真剣な眼差《まなざ》しで続ける。

「だからこそ、私はノーと言ってお断りしました。伊緒里さんを……政治の駒《こま》にだけはしたくなかったのです」

苛立《いらだ》っている父はその場にあぐらをかく。

それを見届けたあと、上総くんは困った様子で眉を下げた。

「だけど、瀬戸さん。貴方は、どんな手を使ってでも私と伊緒里さんを婚約させようと躍起《やっき》になっていた。だから私は、伊緒里さんと距離を取ったんです」

「……それで」

私が思わず口を挟むと、上総くんは目を細めて柔らかくほほ笑んだ。

「そう。これが俺と伊緒里の犬猿の仲の始まりだった。伊緒里が心底嫌がっている様子を見れば、瀬戸さんが諦《あきら》めると思ったんだ」

「……っ」

「思惑《おもわく》通り、瀬戸さんは私と伊緒里さんをくっつけようとはしなくなった。そこには、娘への愛情があったのだと推測しております。娘が嫌がっているのなら、やめてやろうという親心でしょう」

「……うっ」

「しかし、できれば先日までの婚約者のこともしっかりと調べていただきたかった。伊緒里さんは、ずっと拒絶していたのですから。それを、恥ずかしがっていると解釈するのはいかがなものかと」

「……うるさい」

「失礼いたしました」

ボソッと悪態《あくたい》をつく父に、上総くんは小さく頭を下げた。

父を説き伏せている真っ最中なのに、しっかりと強気に突っ込んでもいく。

相変わらずの彼に、笑ってしまいそうになる。

しかし、彼が急に私との距離を置いたのには、そんな深い理由があったなんて思いもしなかった。

初めて聞く話ばかりで戸惑《とまど》っていると、父が開き直る。

「それでも、君は一度断ってきた。そんな男に、うちの娘を渡せない」

「お父様！」

「それに、今日は娘の見合いだ。こうして立派な男性が娘を乞《こ》うてくれている。そんな席に押しかけるなど、野暮《やぼ》ではないか？」

「……っ」

「恥を知れ!!　君は退室しなさい」

厳しい罵声《ばせい》を聞き、私は咄嗟《とっさ》に上総くんをかばった。

「お父様」

彼と父の間に割り込み、背筋をピンと伸ばす。そして、父を睨《にら》み付《つ》けた。

今まで、こんなふうに父と対峙したことはなかったと思う。そのせいか、父は驚いた顔になる。

だが、私には今、言うべきことがあった。これからの瀬戸家のため、そして自分のためにも言わなくてはいけない。

「自分の人生のパートナーは、自分で決めます」

「伊緒里……！」

「お父様の力は借りません‼　瀬戸家の掟《おきて》など、くそ食らえです‼」

言ってやったとばかりに、ドヤ顔をする。

すると、シンと静まり返った一室に、クックツと忍び笑いが聞こえた。

お見合い相手の男性だ。肩を震わせて拍手している。

年は私とかなり離れているように見えた。恐らく上総くんよりも上だ。

上総くんとは違った魅力が溢《あふ》れる人で、正統派の王子様といった雰囲気。

大人の余裕と色気を兼《か》ね備《そな》えたその男性は、楽しげに笑っている。

「瀬戸先生、伊緒里さんはとても素敵な女性ですね」

「鴨田《かもだ》くん！」

「惹《ひ》かれるものを感じましたが、彼女には決まった男性がいる様子」

「いや、待ってくれ。話を聞いてくれないか」

大慌《おおあわ》てする父にほほ笑んだあと、鴨田と呼ばれたその男性は首を横に振った。

「このお話は、なかったことにいたしましょう。馬に蹴《け》られたくはないですからね」

そう言って私と上総くんを交互に見たあと、余裕な様子で言った。

「もし、一年後。伊緒里さんがこの男性と結婚していなかった場合は、私が彼女を貰い受けます。そのときには声をかけてください」

そう言って父の制止を振り切り、颯爽《さっそう》と去っていく。

彼はとても素敵な人だ。

ご足労いただいたのに、こんな形で見合いもできず申し訳ない。

上総くんが彼の背中に向かって頭を下げているのを見て、私も慌《あわ》ててそれにならった。

しかし、父はどうしても納得がいかないらしい。

私の肩を掴み、説得を試みようと必死だ。

「伊緒里、考え直せ。お前は上総くんが嫌いだっただろう？　ずっと二人はいがみ合っていたじゃないか」

「そうよ。ずっと苦手意識を持っていた。だけど、わかったの」

「わかった……？」

「うん。気になるから反発していたんだって。彼に構ってほしくて、近くにいたくて……好きだったから……もっと近くにいたかったから」

私は上総くんの隣に正座をし、父に頭を下げる。

「上総くんが好きです。ずっと好きでした」

「伊緒里」

「認めてください、お父様」

上総くんも一緒に頭を下げてくれた。あとは、父が折れるのを待つのみだ。

しかし、敵もなかなかにしぶとい。

未だにごねている父に、上総くんが黒い笑みを浮かべる。その笑みは薄暗い腹黒らしさを前面に押し出していた。

「次の衆議院選。厳しいものになりそうなんですよね」

「っ！」

今まで上総くんの顔も見ず、そっぽを向いていた父が青ざめた顔で彼を見た。

そんな父に、上総くんは口角をクイッと上げる。

「同じ選挙区から、今若者に人気のタレントが出るっていう噂《うわさ》がありますよね」

「う、噂《うわさ》は噂《うわさ》だ！」

父は反論するも、どこか弱腰である。図星だったのだろう。視線も泳いでいた。

上総くんはその隙を見過ごさず、強烈なパンチを繰り出す。

ニッコリとほほ笑んではいるが、容赦《ようしゃ》ない。

「何をおっしゃいますか。それが本当だから、伊緒里さんの結婚を急がせているのでしょう？」

「うっ……」

「伊緒里さんが、かわいいのはわかります。変な男が寄りつく前に、キチンとした家柄の男に嫁《とつ》がせたいと願っているのも本音でしょう」

そこで父が盛大に息を吐いた。

「何が言いたいんだ」

その口調は、どこか弱気だ。そんな父に対して上総くんは、最後の最後まで態勢を崩すつもりはないらしい。

「考えてもみてください。うち……桐生グループには経済界の重鎮《じゅうちん》である祖父がいるんですよ。協力なコネが使えると思わなかったのですか？」

「それは……」

「今度の選挙を考えれば喉《のど》から手が出るほど使いたい手だと思うのに、それを瀬戸さんは使わなかった。それどころか、こうして私を退《しりぞ》けようとしている」

「……っ」

「瀬戸さんならば過去は過去と水に流し、もう一度縁談を持ちかけたでしょう。相手が私ではなかったなら」

父は上総くんの話にフンと鼻を鳴らして顔を背《そむ》けた。その顔は赤く染まっている。

意外な反応に、父から目が離せなくなった。

一方、上総くんは私を見たあと、再び父を見てほほ笑む。

「理由は一つ。伊緒里さんが私を嫌っている、と思っていたから。それだけはしてはいけないという親心でしょうけど……それは誤解だとわかっていただけたかと思います」

「ううっ……」

政治家である父は、弁が立つ。

それなのに、劣勢である。それは、私が関わっているせいだ。

父は私に対してとても心配性なのだ。

私に関わることには、とても感情的になる。

なんだか父が可哀想になってきた。上総くんには少し力を緩めてほしい。

そんな気持ちで横に座る彼を見た。けれど好青年の猫を被《かぶ》ってほほ笑む上総くんは、最後の最後まで力を抜くつもりはないようだ。

「今なら、なんの憂《うれ》いもなく伊緒里さんを私に預けることができる。そう思いませんか？」

目的のためには全力を尽くす。彼の企業人としての顔を垣間《かいま》見た気がする。

二人のやり取りを静観していた私を、父が寂しそうな顔で見つめてきた。

「お父様？」

先ほどまでは鬼の形相で上総くんと対峙していたのに、急にそんな心細そうな顔をされると心配になる。

何も言い出さない父に、もう一度声をかけようとする。だがそれを、父は手で制した。

何も言うなと首を横に振り、私と上総くんを見比べて盛大にため息をつく。

「……もう、話はついている。なぁ、上総くん」

「え？」

どういう意味なのかわからず、私は上総くんに視線を向けた。

彼は父をまっすぐに見つめていたが、その口元は自信たっぷりな様子で弧《こ》を描いている。

「お前たちの結婚を反対していたのは、私だけだ」

「え？」

「上総くんに何もかもしてやられた気分だ。根回しもうまい、弁も立つ。……そして、何より伊緒里が頼ったのは君だった」

父が悔しそうに顔を顰《しか》め、視線を落とす。

「……好きにしなさい」

それだけ言うと立ち上がり私の頭を撫《な》でたあと、個室から出ていった。

誰もいなくなった料亭の離れで、私と上総くんは神妙な面持《おもも》ちで対面する。

最後に別れたときの気まずさが、今更ながらに舞い戻ってきた。

ここで改めて「上総くんが好きなの」なんて愛の告白でもできれば、一件落着、めでたしめでたしでハッピーエンドを迎えるのだろうが、なんと言ってもこの私だ。

残念ながら、そんなかわいらしいスキルは持ち合わせていない。

でも、心の奥底から溢《あふ》れる想いは、全て上総くんに向けられたものばかりだ。

必死に頭を下げていた彼の横顔はとても格好良かったし、何より私と結婚を前提に付き合いたいと言ってくれた。

ジワジワと嬉しさと幸せを噛《か》みしめたくなる。

幸せすぎてどうしよう。

私の頭と心はパニックになっていて、収拾がつかない。

しかし、思わず口にした言葉は、かわいらしさとは無縁のものだった。

「やっぱり、上総くんは腹黒い。周りは紳士だと勘違いしているみたいだけど、お腹の中は真っ黒よね。うちのお父様相手に笑顔で対峙できる人は、あんまりいないわよ」

心の中では自分自身を罵倒《ばとう》して、口を押さえている。

いくら気まずいからといって、この態度はどうなのか。ああ、もう。自分が残念でならない。

上総くんが来てくれて嬉しかったくせに、どうしてこんな態度を取ってしまうのか。

これはもう、後遺症だ。冷たい態度に反発していた過去の悪《あ》しき習慣としか思えない。

肩をガックリ落として項垂《うなだ》れる私に、上総くんはプッと噴き出した。

クツクツと笑いながら、私の鼻を指で弾く。

目を見開く私を見て、彼は再び笑った。

「でも、そんな俺だってわかっていて好きになったんだろう?」

「う……っ!」

ビクンと身体を震わせる自分が憎い。

上総くんの笑顔は、私の心と身体を乱す何かを発しているとしか思えなかった。

こんなに胸がドキドキして、その上キュンと切なくて苦しい。こんな気持ち、上総くんにしか抱《いだ》いたことがない。

赤くなっているであろう頬を隠して俯《うつむ》くと、視界に彼の手が入る。

驚いている私の顎《あご》を掴み、顔を上げさせられてしまった。

キスをしそうなほどの至近距離に、ドクンと一際大きく胸が高鳴る。

すぐ側にある彼の目が、柔らかく弧《こ》を描く。

幼い頃見ていた上総くんが、そこにはいた。

「伊緒里との縁談が持ち上がる前から、あれこれうるさい委員長タイプは苦手ではあったんだ。伊緒里はまっすぐすぎて、まぶしくもあり、苛立《いらだ》つこともあった」

「え？」

「さっきも話したけど、俺は仕事に携《たずさ》わるようになって自分の置かれた立場に戸惑《とまど》うことが多かった。それを隠すためにお前が言っていたように猫を被《かぶ》ったのに、それを見破られてしまう。覚えているか？」

覚えている。

上総くんは大学に通いながら仕事を始め、今までの彼ではなくなったのだ。

その後ろ姿がどこか無理をしているみたいに感じて、私は彼に言ったことがある。

そんなに猫を被《かぶ》っていて苦しくないか、と。

小さく頷《うなず》いた私に、上総くんは眉を下げてほほ笑んだ。

「お前に見透《みす》かされたんだと思ったよ。その通りだったから。だけど、会社で生き延びていくには虚勢《きょせい》を張るしかなかった」

「上総くん」

「今は処世術が身についたけど、あの頃の俺はかなりキツイ状態だった。それを伊緒里に指摘されるたびに、自分がちっぽけな存在だと実感して……距離を置きたくなったんだ。縁談を断るためだけに邪険にしていたわけじゃない。ただ意味のないプライドを守っていたんだろうな」

上総くんのためを思って言ったことが、逆に彼を傷つける結果になっていたなんて。

自分の愚かさに悔しさ、そして申し訳なさが込み上げてくる。

ごめんなさい、と呟《つぶや》くと、彼は首を横に振った。

「だけどな、伊緒里。矛盾しているけど、お前に指摘されるのはどこか嬉しかったんだよ」

「え？」

「自分の本心をわかってくれる人がいると思うと、安心できた。ただ、見抜かれて悔しかっただけで……」

目を何度か瞬《また》かせていると、上総くんが急に顔を近づけてくる。そして――かわいらしいキスをされた。

顔を真っ赤にして狼狽《うろた》える私に、彼は悪戯《いたずら》が成功したと喜ぶ子供みたいな笑みを浮かべる。

「好きだって気づかされたんだから、責任持てよ？　一生」

「っ!!」

子供みたいな笑みから一転、大人の男の色気を醸《かも》し出《だ》すのはやめていただきたい。恋愛超初心者の私など、すぐにやられてしまう。

（ううん、失神しそう……）

甘く淫《みだ》らな目眩《めまい》を感じながら、私は彼の腕の中に引き寄せられたのだった。

7

「――腹黒」

「光栄だな」

「策士」

「ん？　いかにも俺らしい称号だな」

「猫被《ねこかぶ》り」

「処世術だ」

「……うっ」

「他には？」

「意地悪……」

「お前にだけだぞ？」

「嬉しくないっ!!」

キレ気味に叫んだ私を見て、上総くんがお腹を抱えて笑い出した。

怒りを通り越して呆《あき》れかえっているのに、彼は痛くも痒《かゆ》くもないといった様子だ。

それを見て、私は唇を尖《とが》らせてフカフカのソファーに腰を下ろした。

ここは、元総理大臣であった緑川家の別荘だ。

敷地何万平方メートルなんだろうと下世話なことを考えてしまうほど、とにかく広い敷地の中にある。

手入れが行き届いている広大な庭。そして、邸宅は贅《ぜい》を極めていた。

都内から車で一時間弱の場所にあるここは、都会の喧噪《けんそう》を忘れさせてくれる静かで穏やかな場所だ。

そんな素敵な別荘に、緑川さんが「今日の佳《よ》き日に是非」と招待してくださった。

私たちを二人っきりにしてあげたい、というご夫妻の意向で、この別荘には誰もいない。

だが、電話一本で対処してくれる使用人の方が離れに待機しているので、何不自由なく過ごせるとも言っていた。

そう、本日。私は、めでたく桐生伊緒里になった。

先ほど都内の神社で神前式を執《と》り行《おこな》ったばかりなのである。

媒酌人《ばいしゃくにん》は、緑川ご夫妻。その縁で、今日この別荘に泊めていただく運びになったのだ。

披露宴は後日を予定しており、そちらの準備もしなければならないが、今は大事な儀式を終えてホッとしている。

ちなみに、あのお見合いからひと月しか経っていない。

それなのに、全て上総くんの根回しのもと、準備がされていたのだからビックリだ。

彼がお見合いの席に乗り込んできたとき、父が口にしていた言葉——お前たちの結婚を反対していたのは私だけだという言葉の意味を、私はすぐに知ることになった。

そう、すでにあのときには、上総くんは全ての根回しを終えていたのだ。

瀬戸家の親戚に承諾を得るのはもちろん、式場を押さえたり、新居を用意したり。極めつきが、緑川ご夫妻に媒酌人《ばいしゃくにん》の依頼をしていたことだ。

どうも私の父への説得が難航していたため、それならばと緑川さんに出てきてもらったというのだから面《つら》の皮が厚いなんてものじゃない。

緑川さんの方から『伊緒里ちゃんの結婚、許してあげなさいよ』と言われ、跳ね返せなかった父はかなりフラストレーションを溜めていたようだ。

父にしたら、緑川さんは政界の師。色々と助けていただいてきた手前、どうしても無視するわけにいかなかったらしい。

そこで、せめてもの反発に、お見合いの場で最後の最後まで首を縦に振らず粘《ねば》っていたそうだ。

後日、祖母から聞いた話によると、お見合いの前々日、上総くんが瀬戸家に単身乗り込んできたときには、父はすでに腹を決めていたというのだ。

そのときは上総くんの話を一切聞かず追い返したが、こうなる未来を予想していただろう、とは祖母の弁である。

父はチビチビ一人で手酌酒をしながら、私のアルバムを肴《さかな》に飲んだくれていたらしい。

なんと言っても、父が最初に私の夫にと目をつけたのは上総くんだったのだ。

何も躊躇《ためら》うことはないと思いつつも、一度は断ってきたのにとグチグチと言っていたと聞いた。

そんな調子だったから、上総くんは瀬戸家に出向いても父と直接話ができず、お見合い当日を迎えてしまったということだ。

今もたまにふて腐れている父だが、『上総くん、政治の世界に来るつもりはないか』と言い出すことも。なんだかんだ言ったって、上総くんを認めているのだろう。

だが、その話を聞いて、私と上総くんが苦笑いを浮かべたのは言うまでもない。

さて、すったもんだの末、策士で腹黒な上総くんの手によって、あれよあれよという間に結婚式を迎えたわけだが、実は納得がいかないことがある。

このひと月の間。私と上総くんは二人きりで会えなかったのだ。

私だって、わかっている。相手は世界を股にかけ、分刻みで動く多忙なビジネスマンだ。

それも、桐生コーポレーションという世界屈指の貿易会社の御曹司でもある。

目が回るほど忙しいと理解しているつもりだ。

それでも……あのお見合いの日以降、ずっと二人きりで話せないのは不満だった。

お見合いのあの日だって、私は父にすぐに実家に連れ戻されてしまったし、その後、上総くんが私に会いに来ることもなかった。

もちろん、顔を合わせる機会はあった。式の打ち合わせや、結納のときなどだ。

しかし、そこには他の誰かも同席していて、上総くんと二人きりになるなんておろか、話もできない状況だった。

はっきり言って、私はフラストレーションが溜まっている。

やっと両想いになったのだ。もっとお話ししたいし、一緒にいたい。顔を見ていたいし、抱きしめてもらいたい。

キスだって、もっとそのあとだって……そんな甘い時間を想像してもいいはずだ。特に、両想いになったばかりの恋人同士なら。

上総くんは、確かに忙しい人だ。それでも、〝恋人ごっこ〟をしているときは、時間を捻出《ねんしゅつ》してくれていたではないか。

そんなわけで、どうにも我慢できなくなっていた私は、式が終わってすぐ、上総くんの秘書である井江田さんにそれとなく彼のスケジュールを聞いてみたのだ。すると、返ってきた答えに目が点になった。

『え？　上総さんのスケジュールですか？　そうですねぇ、特に変わりはありませんよ。ほら、伊緒里さんと同棲していた頃と同じぐらいですかね』

そう聞いて目の前が真っ暗になる。

それと同時に怒りが込み上げ、なんとも居たたまれない気持ちになったのだ。

(上総くんは、私と会えなくてもどうってことないんだ、ふーん)

そんなふうに拗《す》ねるのも仕方がないではないか。

だが、いい大人が、それも結婚して人妻となった我が身が抱《いだ》く気持ちとしてはあまりに子供っぽすぎるかも。

そんな思いで唇を尖《とが》らせていた私だったが、緑川家の別荘でソファーに座った途端、あっという間に組み敷かれていた。もちろん、旦那様になった上総くんに、だ。

「……やっとだ」

「え？」

見上げると、彼はネクタイを緩め、もどかしげに勢いよく抜き取る。

そのネクタイを床に放り投げると、すぐさまジャケットとベストを脱いでワイシャツのボタンを外し始めた。

その仕草はドキッとするほどセクシーで、つい見惚《みと》れてしまう。そして、私は彼の上半身が露《あら》わになった時点でようやく危機感を覚えて顔を両手で隠した。

「ちょ、ちょっと！　上総くん？」

「なんだ？」

「なんだじゃないよ。どうしたの？　その……、服を脱ぎ出すなんて」

我に返った途端、恥ずかしさが込み上げる。

恋人ごっこをしているときは、お互い裸体を曝《さら》すことはなかった。

だから、こうして上総くんの身体を見るのは初めてだ。

ほどよく鍛《きた》えられた身体は、美しい。芸術品のような身体が私を誘惑する。

目を手で覆《おお》っていても、指の隙間から見てしまう私はエッチなのかもしれない。だけど、視線を逸《そ》らせない。

すると、上総くんがクックッと意地悪な笑い方をして、私の顔を覗き込んできた。

「指の間からじゃなくて、しっかり俺の身体を見ればいいのに」

「ちょ、ちょ、直視……できないんだってば」

盗み見していたことがバレている。私は、慌《あわ》てふためく。

首を横に振り無理だと連呼していると、彼が私に覆《おお》い被《かぶ》さり耳元で囁《ささや》いた。

「伊緒里の身体、あれだけかわいがったのに。まだ、恥ずかしいのか？」

「っ！」

その言葉にあの六日間を思い出し、逃げ出したくなる。

だが、彼に覆《おお》い被《かぶ》さられている状態では、無理だ。

恥ずかしさで、私は顔を腕で隠しながら訴《うった》えた。

「ずっと、私と二人きりになるのを避けていたくせに。何よ、なんなのよ……!!」

井江田さんの言葉が脳裏に蘇《よみがえ》る。言っていて悲しくなってきた。

上総くんが私と二人きりになるのを避けていたのは、事実。

井江田さんの証言によれば、彼は私と会う時間くらい捻出《ねんしゅつ》できたのだ。

それなら、どうして私に会いに来てくれなかったのだろう。

私から連絡したこともあったのに、忙しいと言って会ってくれなかった。

不安のまま迎えた今日の結婚式。

もしかしたら、上総くんは結婚式に来てくれないかもしれない。そんな恐怖を抱いてさえいたのだ。

それなのに、なんなのだ。これは。

私は、ギュッと唇を噛《か》みしめて怒りと悲しさで震える。すると、唇に温かく柔らかい何かが触れた。

驚いて顔を覆《おお》っていた腕を外すと、上総くんが唇を落としている。

ゆっくりと彼の瞼《まぶた》が開き、視線が絡み合う。彼の瞳は欲に濡れており、否応なしにドキドキさせられた。

「拗《す》ねるなよ」

「……拗《す》ねてない」

「そうか？　でも、そういう顔している伊緒里も悪くない」

「っ！」

「伊緒里、好きだ」

「な、な……！」

こんな真っ正面から、それも押し倒されながら告白されては、恋愛初心者の私なんてひとたまりもない。

顔を真っ赤にさせて言葉に詰《つ》まる私の両頬に、上総くんはその大きな手で触れた。

「ずっと会いたかった……」

「え？　会いたかったって嘘でしょ。だって、井江田さんが言っていたわ。上総くんは確かに忙しいけど、私に会えないほどじゃなかったって。それに、結婚式の打ち合わせのときだって上総くんは二人きりになるのを恐れていたでしょ⁉」

実は一度だけ、上総くんと二人きりになるチャンスがあった。しかし、そのとき彼は青ざめてスタッフを呼び止め二人きりになることを拒《こば》んだのだ。

あのときの胸の痛みが蘇《よみがえ》って涙が零《こぼ》れ落《お》ちそうになり、私はキュッと唇を噛《か》みしめた。

すると、上総くんが涙の溜まった私の目尻を舐《な》める。

ゾクリと背を走る快感は、あの恋人ごっこのスキンシップを彷彿《ほうふつ》させた。

それでも堪《こら》えきれなかった涙が頬を伝う。それも上総くんは舐《な》めた。

「泣くなよ、伊織里」

「だ、だって‼」

ポロポロと涙を零《こぼ》す私を、抱きしめる。

痛いほど力強く抱きしめられ、驚いて私の涙は止まってしまった。

「……お前と二人きりなんて無理だったんだ」

「え？」

彼は私を抱く手を緩めると、顔の近くに手を置いて自身の身体を支える。

再び私に覆《おお》い被《かぶ》さった彼の顔は真っ赤だ。

「上総くん？」

これには驚いた。こんなに顔を真っ赤にして、何かを恥ずかしがっている上総くんを見るのは初めてだ。

キュッと唇を噛《か》みしめたあと、彼が言葉を絞り出す。

「……瀬戸家の掟《おきて》」

「え?」

「あるだろう、伊緒里に関係しているヤツ」

「え? えっと……?」

「結婚するまでは清い身体で、っていうのが」

「あ、うん」

確かに存在している。

慌《あわ》てて頷《うなず》くと、上総くんは心底疲れた様子で息を吐き出した。

「全く、厄介な掟《おきて》だよな」

「上総くん?」

不思議に思って彼を見つめると、彼の目が柔らかくほほ笑む。

「それを守りたかったんだ」

「え?」

意外な答えに、私は上総くんの顔を覗き込んだ。

彼は顔を横に向けて、その表情を見せてくれない。だが、首は真っ赤に染まり、耳も真っ赤だ。

確実に照れている。

「上総くん。顔、見せて?」

「……っ」

「上総くん？」

「今は無理。ちょっと……いや、だいぶヤバイ」

「え？」

ふいに上総くんはガバッと勢いよく起き上がり私の身体を跨《また》ぐも、視線を逸《そ》らして口を手で隠したままだ。

その姿が意外すぎて、かわいらしくて。思わず凝視《ぎょうし》してしまう。

真っ赤な顔をして狼狽《うろた》えている彼は、堰《せき》を切ったように話し出した。

「抱きたくて……お前が好きだと自覚してから、何もかもが欲しくなった」

「上総……く、ん？」

そして、ゆっくりと私に視線を落とす。

その瞳には、確かに情欲が色濃く映っている。

私が知らない上総くんがそこにはいた。

雄《おす》の空気を纏《まと》った、彼。獰猛《どうもう》な獲物が腹を空《す》かせずっと待てを強《し》いられ、もう我慢ができないといった様子に見える。

「伊緒里と二人きりになったりしたら、場所がどこだろうが襲う自信があった」

「か、上総くん!?　な、何を言っているの!?」

まさか彼がそんなことを言い出すとは思っていなかった。

目を丸くさせる私を見て、上総くんが申し訳なさそうに呟《つぶや》く。

「だから、伊緒里と二人きりになるのを避けていた。悪い」

冗談を言い出したのかと見つめたのだが、彼の顔はまさに真剣そのものだ。

唖然《あぜん》としている私に、上総くんがポツリポツリと白状する。

「今思えば、あのキスから平静を保てなくなっていた」

「あのキス？」

「ああ。ホテルでお前がマザコン男から逃げようとしていて、俺が助けたときのキスだ」

久しぶりの再会での、予想もしなかったキス。確かに、あのキスが私たち二人の関係を変えたきっかけなのかもしれない。

私もあのときから、自分の中の何かが変わった気がする。

お互いが同じ気持ちを抱いていたと知って嬉しい。だが、上総くんの苦悩はここから始まったようだ。

「まだ、ホテルでの一件では自制できていた。だが、マザコン男に見せるための証拠写真を撮ったときは、理性がぶっ飛んでいたな」

「え？」

「本当は井江田に、キスをするマネだけでいい、うまく撮るからと言われていたのに……。俺を上目遣いで見るお前がかわいくて我慢できなかった」

「な……！」

「同棲までして伊緒里と一緒にいることが心地よくなってきた頃に、あの盗聴器騒ぎだ。あれは、理性との戦いだったよ。それにしても、伊緒里のおばあさんに置き時計の真実を聞いたときには、膝《ひざ》から崩れ落ちそうになったな。それまではマザコン男に盗聴されているとばかり思っていたし、お前たちの婚約を白紙に戻すことしか考えていなかったから。伊緒里をあの男に取られたくなくて必死だった」

「上総くん……」

言葉を詰《つ》まらせる私に、彼はなぜか顔を歪《ゆが》めた。

「盗聴器騒ぎのときにはもう自分の気持ちは自覚していたんだが、色々解決しなければならない問題が山積みで気持ちを口にできなかった。だから、伊緒里に触れるのは、理性との戦いだったんだ。それなのに――」

恨めしそうに私を見下ろす。

どうしてそんな顔で見られるのかと反論しようとして、すぐに彼が何を訴《うった》えたいのか、わかってしまった。

あのとき。私が彼に触れようとしたせいだ。それも、いきり立つ雄々《おお》しい身体の一部に……

私は申し訳なさで身体を縮こめる。

「あれ以上、伊緒里の側にいたら、嫌だと泣かれても無理やり抱いてしまうと思って部屋を出た。あとは、伊緒里が知っての通り。俺は、伊緒里を嫁さんに貰うべく動き出したというわけだ」

「本当に、ごめんなさい‼」

手を合わせて謝る私に、上総くんは表情を緩めてほほ笑んでくれた。

「伊緒里のせいじゃない。俺がもっと早くに気持ちを伝えていれば、伊緒里を傷つけずに済んだ。だが、あの時点では言えなかった。言ったら最後、お前の何もかもを手にしたくなっただろうからな。きっと、確実に押し倒していただろう」

「え？」

「瀬戸家の大事な一人娘だ。掟《おきて》を守り、家のために頑張ろうとしている伊緒里を勝手に俺が奪っていいわけがない。筋を通す必要があるだろう？」

「上総くん」

「伊緒里の全てを貰うためには、忍耐が必要だった。だから……許してくれるか？」

上総くんは、私のこと、そして瀬戸家のことも考えてくれていた。それがとても嬉しい。

再び涙が零《こぼ》れ落《お》ちる。

「うっ……っひく……」

「ほら。泣くな、伊緒里」

上総くんは私を抱きしめ、頭を何度も撫《な》でた。

そういえば、小さい頃。私が泣き止まないときには、こんなふうに上総くんが頭を撫《な》でてくれていた。

懐かしい記憶が脳裏に浮かび、私はますます泣いてしまう。

「涙……止まらない」

「どうして?」

「嬉しくて……上総くんが私のこと好きだって改めてわかって、ホッとして」

この嬉しい気持ちをうまく伝えられなくてもどかしい。それでも上総くんには聞いてほしかった。

彼の背中に手を回し、ギュッと抱きつく。

上総くんの香りをクンと鼻を鳴らして吸い、久しぶりの彼のぬくもりに安堵《あんど》する。

もっともっと彼を感じていたい。

その胸元に頬をすり寄せると、なぜか怒られた。抱きしめていた腕を解かれ、顔を見下ろされる。

「バカ。伊緒里は煽《あお》りすぎだ」

「え?」

「さっきも言ったはずだ。俺はもう、我慢できないって。どれだけ耐えたと思っているんだ?」

「た、耐えたって……」

たじろぐ私に、上総くんは真摯《しんし》な瞳を向ける。

「頑張った俺に……伊緒里をくれ」

「え?」

目を瞬《またた》かせた私を見て小さく頷《うなず》く。そして、もう一度懇願《こんがん》した。

「伊緒里が、欲しい」

「上総くん」

「戸籍上はもう俺の妻だ。だけど……まだ全部は手に入れていない。伊緒里が欲しい」

私を見下ろしてくる彼の目は、もう我慢ならないと焦《じ》れている。

だが、それは私だって同じだ。

上総くんが欲しい。彼の心も、身体も、未来も……全部。

ゆっくりと手を伸ばして彼の頬に触れる。そして、私に情熱的なキスをする薄い唇にも触れた。

全部、欲しい。ずっと、彼が欲しかった。私も、彼に全てを貰ってもらいたい。

私はとびっきりの勇気と最大級の覚悟を決めて、彼の頭を引き寄せる。初めて自分からキスをした。

ゆっくりと唇を離すと、目の前の上総くんが目を大きく開けている。こういう表情は、とてもレアだ。

嬉しくなってほほ笑む私に、彼はなんだか悔しそうに眉を顰《ひそ》めた。

「……余裕があるんだな」

「え？」

首を傾《かし》げた私だが、妖しくほほ笑む彼に身の危険を感じ取る。

余裕なんてあるわけがない。私は、何もかもが初心者だ。

「予行練習はすでにしてあるから……余裕があるのか？」

「え……？　あ！」

上総くんが言っている意味がようやくわかった。

恋人ごっこと称して、何度も彼が私の身体を愛撫《あいぶ》したことを指しているのだ。

しかし、あれは予行練習と言えるものなのか。

お互い裸にはならなかったし、一線も越えていない。

そう言いたかったが、目の前の彼を見て、口を噤《つぐ》む。

どうやら私は押してはいけないスイッチを押してしまったらしい。

慌《あわ》てて「とんでもない！」と顔の前で手を振ったのだが、後の祭り。

私はこれから、旦那様に食べられるのだ――

「んぅ……！」

私の顎《あご》を掴み、上総くんが噛《か》みつくような口づけをしてくる。

我慢の限界だという言葉通り、彼にはとにかく余裕がない。

深く深く、柔らかく熱い彼の唇が押しつけられる。

上総くんとキスを何度かした。だが、こんなに感情を昂《たかぶ》らせてするキスは初めてだ。

何度も角度を変えては、唇を合わせる。キスが終わったとき、お互いの唇は腫《は》れているかもしれない。そんな心配をするほど、何度も何度も続ける。

チュッと音を立てて唇を吸われ、時折彼の熱い舌で舐《な》め上げられた。

そのたびに甘い吐息が零《こぼ》れ、羞恥《しゅうち》に顔が火照《ほて》る。

「伊緒里。舌を出して……」

「……ん」

上総くんが舌を出したのを見て、私もおずおずと舌を出す。

正気なら絶対にやっていなかっただろう。だけど、今の私は羞恥心《しゅうちしん》さえも快楽に変えていた。

赤い舌を差し出すと、目の前の彼が喉《のど》を鳴らす。そして、私の舌に自分の舌を絡みつかせてきた。

唇とはまた違う快感が、舌を伝って身体中に広がっていく。気持ちがいい、そう素直に言いたくなる。

ザラザラした部分を擦《こす》り合《あ》わせて、何度もお互いの舌を絡ませた。

二人の唾液が混じり合ったものがソファーに落ちていく。

それに気がついた私は慌《あわ》てて舌を引っ込めた。同時に上総くんが垂れそうになっていた唾液を唇と共に吸い上げてくる。

ジュルジュルと卑猥《ひわい》な音が響き、下腹部が淫《みだ》らに震えた。

一度唇を離し、もう一度重ね合わせる。すると上総くんが、トントンと舌で唇をノックしてきた。

開くことを少しだけ躊躇《ちゅうちょ》してからゆっくりと力を緩めると、彼の舌が口内にねじ込まれる。

その舌が、熱く火照《ほて》った口内を這《は》いずり回った。その動きは、とても厭《いや》らしくて……だけど、気持ちがいい。

もっと気持ちよくなりたい。上総くんに気持ちよくなってもらいたい。

その気持ちが行動に移る。

彼の熱くて情熱的な舌と触れ合いたくて、自分の舌を彼の舌に絡ませた。

ドクンという鼓動の音が一際大きく鳴り、ますます心臓の音が忙しい。

舌の根を刺激されてクチュクチュと唾液の音が立った。

相性がいい人とのキスは甘い。そんな話を聞いたことがあるが、本当かもしれない。

（だって……こんなに甘い）

夢中になって舌を絡み合わせると、何度も唇を吸われる。下腹部が蕩《とろ》けていく感覚がして、私はただ上総くんに縋《すが》りつく。

身体と身体、唇と唇を重ね合わせる行為で、これほどまでに幸せな気持ちになれるなんて、想像もしていなかった。

（上総くんの何もかもに……溺れそう）

トロンと蕩《とろ》けた目で彼を誘っている私は、淫乱《いんらん》なのかもしれない。それでも、上総くんが欲しい。

しかし、もっとしてほしかったのに、彼の唇が離れていく。

「そんな物欲しそうな目で見るな」

「……だ、だって」

本当はかなり恥ずかしい。だけど、欲しいものは欲しいのだ。今すぐ、彼のキスに溺れたい。

見つめていると、彼の唇が目標を変えた。

首筋に吸いつき、舌で愛撫《あいぶ》を始める。

「は……ぁ……っ」

自分の甘ったるい声は聞いていられず、手で耳を覆《おお》いたい。それほど、私は喘《あえ》いでいた。

だが、今はこの快楽に身を任せていたいとも願う。

身体から力が抜けて、彼に全てを捧《ささ》げる。そんな私の様子を見て、上総くんは突然ソファーから立ち上がった。さらに私を抱き上げベッドルームに運ぶ。

「えっと、あの！　上総くん」

「ん？」

「どこ、行くの？」

「初めてがソファーじゃ嫌だろう？」

「う、うん。あの、えっと……シャワーを浴びたい……んですけど」

白無垢《しろむく》を脱いでから制汗シートで汗を拭《ぬぐ》ったが、シャワーは浴びていない。身体をキレイにしていない状況だ。

彼に愛されるのなら、キレイな身体でされたい。

上総くんから言いようもない圧力を感じつつも、笑ってごまかして汗を流したいと再び主張する。そんな私の願いを彼は一蹴《いっしゅう》した。

「無理。あとで一緒に入るぞ」

「っ！」

一緒にシャワーを浴びるなんて高度なことは、私には無理だ。なんとか考えを変えてもらわなければ。

お互い別々にシャワーを浴びるべきだと思う。上総くんにそう告げたのだが、聞く耳を持ってはくれない。

気がつけば、私はベッドに押し倒されていた。

「伊緒里の香りが消えてしまうから、シャワーはダメ」

「香りって！」

汗の匂いしかしないはずだ。そう抗議したのに、彼は真顔で言い切る。

「その汗も俺のものだ」

「何を言っているのよ!!」

恥ずかしさが募《つの》って叫ぶ。だが、その主張さえも聞けないほど、彼は切羽《せっぱ》詰まっている様子だ。

「もう、黙れよ。早くキスして、身体を重ねて……伊緒里をかわいがりたいんだから」

そんな蠱惑《こわく》的な瞳で見つめられたら、この胸の高鳴りを抑えられない。

私だって上総くんに触れたい。触れてほしい。欲しくて欲しくて仕方がない気持ちを伝えるには、どうしたらいいのだろう。

惹《ひ》きつけられるように手を伸ばすと、彼はその手を掴んで頬ずりをした。

そのまま、私を情熱的な視線で射貫《いぬ》く。

「やっと……だ」

「上総くん」

「もう、我慢し尽くした」

「え？」

「だから、もう……我慢しない」

「っ！」

「我慢できない」

掴んでいた右手の甲に唇を押し当て、上総くんがチュッと音を立てて吸う。

そして一本一本指を口に含んでいった。それも、私の目を見つめ反応を確かめながら。

「っふ……はぁ」

彼は悩ましげな甘い吐息を漏らし、目の縁《ふち》を赤く染めている。

満足げに弧《こ》を描いたその目は煽情的《せんじょうてき》で、私の心を一瞬で奪っていった。

激しく胸が鼓動する。今の私には、その鼓動しか聞こえてこない。

気持ちがよくて、恥ずかしい。

キュッと唇を噛《か》みしめていると、上総くんが反則だと言いたいほどの色っぽい仕草で囁《ささや》いてくる。

「声、我慢するな」

「だ、だって……」

「ここには、俺と伊緒里しかいない。盗聴器だってないぞ？」

「わ、わかっているけど……!!」

言われなくてもわかっていた。

でも、誰もいなくても、盗聴器がなくても、上総くんがいる。

好きな人に蕩《とろ》けきった声を聞かれたら恥ずかしさでどうにかなりそうだ。だから、声を我慢しているのだ。

ギュッと目を瞑《つむ》って顔を背《そむ》けると、上総くんの顔が耳元に近づいた。

「かわいい」

「っ！」

声は出なかった。羞恥心《しゅうちしん》を耐えて、私は再びギュッと目を瞑《つむ》る。そんな私に、彼が追い打ちをかけてきた。

「あ、耳が一気に赤くなった。昔から反応がかわいいよな、伊緒里は」

「バ、バカにしているでしょ!?」

ムッとして彼から背《そむ》けていた顔を戻す。だが、それはやってはいけない行為だったようだ。

あと数センチで唇と唇が重なる位置に上総くんがいる。

慌《あわ》てて再び顔を背《そむ》けようとしたのだが、それを彼の手が拒《こば》む。

「ちょ、ちょっと！　上総くん？」

何も言わず、ただ私をジッと見つめ続けている彼に、私はたじろぐ。

目を泳がせる私を見て、上総くんは頬を緩めた。

「本当にかわいい。……伊緒里は、俺をそんなに煽《あお》ってどうしたいんだ？」

「どうしたいって……。あの、えっと」

そして、グッと私に近づく。お互いの呼吸がわかるほどの距離に、頬が火照《ほて》る。

その距離にもドキドキが止まらないが、もっと気になるのは私の足に触れている硬いモノだ。

上総くん自身が熱くなっている。それを確認してしまったのだ。

恋人ごっこをした最後の日。私は、彼のいきり立つモノに触れた。今思えば、なんて大胆な行動だったのだと、のたうち回りたくなる。

そのときのことを思い出し、どうしようもなく身体が熱くなった。

目を泳がせている私に、上総くんが熱っぽく囁《ささや》く。

「復習をしようか、伊緒里」

「復習？」

なんのことを言っているのかわからないでいると、彼は再び私の右手を取り、指を愛撫《あいぶ》し始めた。

赤い舌でチロチロと私の指を舐《な》める。その様《さま》を見てしまい、私の身体はブルリと甘美に震えた。

「覚えているか、伊緒里」

「上総くん？」

「初めて伊緒里の身体を愛撫《あいぶ》したときは、指と首筋」

指を舐《な》めていた上総くんの唇が、今度は私の首筋を這《は》う。肌が粟立《あわだ》つような快感を覚え、私はシーツを蹴《け》った。

復習とは、私のマンションで行われた〝恋人ごっこ〟のことを言っているのだろう。

あの行為を思い出し、恥ずかしさで居たたまれなくなる。

「マザコン男に伊緒里の声を聞かせる作戦は俺から持ちかけたくせに、どうしても伊緒里のかわいい喘《あえ》ぎ声を誰にも聞かせたくなくてな。聞かれないように、ずっと俺が話していたんだ。覚えてる？」

「あ……」

確かに上総くんは私の声を掻《か》き消《け》すように大きな声で話していた。

あれが、彼の独占欲からの行動だったと知り、胸の奥が温かくなる。

すると、チュッと首筋に吸いつかれ、淫《みだ》らな痛みが走った。恐らくキスマークをつけられた。

こんなところに痕《あと》がついていたら、誰かに見られてしまう。

そう抗議をすると、「じゃあ、見えない場所ならいいのか?」と返された。

そして、首筋を舐《な》めていた舌が私の足に移る。彼がストッキング越しに足の指を口に含み始めたのだ。

ビクッと身体が反応し、私は腰を上げて快感を逃がそうとする。だが、上総くんの愛撫《あいぶ》は止まらない。

「やあ!　ストッキング穿《は》いたままだし……シャワーだって」

「浴びなくていい。さっき、そう言っただろう?」

「で、でも」

恥ずかしすぎる。顔を隠して首を横に振ると、「わかった」と彼は足の指を舐《な》めるのをやめてくれた。

ホッと胸を撫《な》で下《お》ろしたのもつかの間、今度は手がフレアスカートの中に入ってくる。

「か、上総くん!?」

「ストッキングを穿《は》いたままより、直の方が気持ちいいだろう?」

「なっ!?」

まさか、そんなふうにされるとは思っておらず、言葉をなくす。

ニヤリと口角を上げる上総くんを見て、そういえばこういうことをする人だったとため息をつきたくなった。

彼の手は足に触れながら上昇し、腰の辺りをひと撫《な》でする。

そして、ストッキングとショーツを一気に引き下ろした。

膝《ひざ》辺りまで下ろされたストッキングとショーツは、そこから片足ずつ丁寧に脱がされる。

スカートを穿《は》いているとはいえ、そこまで足を上げられたら中が見える。

慌《あわ》てて押さえて羞恥《しゅうち》に耐えていると、ストッキングとショーツが完全に脱がされた。

「さぁ、今度は足の指。そして、足をかわいがる」

「っ！」

上総くんは私の踵《かかと》を恭《うやうや》しく持ってその甲に唇を落とすと、親指から順番に舌を這《は》わせていく。

次に脛《すね》に頬ずりしながら、妖しげな視線を送ってきた。

「二日目に快感を植えつけておいただろう？　思い出した？」

「え⁉」

目を白黒させる私に、策士な笑みを浮かべる。その真っ黒すぎる表情に、私はたじろいだ。

「三日目は……。項《うなじ》と背中だったか？」

そう言って私の身体を反転させ、項《うなじ》に唇を落としたあと、ブラウス越しに背骨に沿って上から下へ指を動かす。

ぞくりとした快感に、身体が跳ねた。そんな私を見て小さく笑ったあと、上総くんは淫《みだ》らだった日々を再現していく。

「四日目は、ブラジャーをしたまま胸に触れて」

今度はブラウスの上から胸に触れてくる。

ふにふにと揉《も》まれるたびに項《うなじ》も刺激されて、私は敏感に反応した。

甘ったるい吐息をつくと、彼の手がスカートからブラウスの裾《すそ》を引き出して中に入ってくる。

「五日目は、こうしてブラジャーを押し上げて……」

恋人ごっこをしていたときと同じで、いともたやすくブラジャーのホックを外された。

「っふ……ぁあ！」

思わず声を上げて身悶《みもだ》えると、上総くんが小さく笑う。

ブラウス越しからもわかるほど立ち上がっている頂《いただき》に、彼は服の上からしゃぶりついた。

甘い疼《うず》きに息が止まりそうになり、私は背中を反《そ》らす。

素直に反応する私を、彼は上目遣いで見つめた。

「もうあの頃には、伊緒里を貰うつもりだった」

「ええ？」

「何事にも根回しが必要、だろう？」

「っ!!」

上総くんは、私との結婚を強行するため、各所に根回しをし続けてくれていた。だからこそ、今日の佳《よ》き日を迎えられたと言ってもいい。

しかし……私の身体にも用意周到に彼を受け入れる準備を施《ほどこ》していたというのか。

「俺を欲しいと思わせるために、伊緒里に触れていたんだ。だけど、まさかここまで早く効果があるとは思いもしなかったけど」

「うぅ……」

恋人ごっこをした最後の日のことを言っているのだろう。確かに私は上総くんの何もかもが欲しくなっていた。

それは、上総くんにそう仕向けられていたから……？

私は、脳裏に浮かんだ考えを打ち消す。

（ううん、違う）

「確かにきっかけはそうだったのかもしれないけど。私は……ずっと上総くんが好きだったよ？　私に触れてくれる前から」

「っ！」

その言葉の直後、急に上総くんが覆《おお》い被《かぶ》さってきて、感情を抑えきれない様子でキスをする。激しく情熱的なそのキスに、私はもう蕩《とろ》けてしまいそうだ。

やがて、何度も重ねた唇が離れていく。その瞬間、寂しくなった。

「そんな、強請《ねだ》るような顔をするな。俺の理性がぶっ飛んでも知らないぞ？」

「だ、だって」

「もっと……優しくしてやりたいんだ。煽《あお》るなよ」

煽《あお》ってなんかいない。その言葉は、彼の唇に奪われる。

だが、先ほどとは打って変わって優しいキスだ。

ゆっくりと私を蕩《とろ》かす舌での愛撫《あいぶ》に、何もかもを委《ゆだ》ねたくなる。

フッと身体の力が抜けると、彼の手は私の全てを暴こうとし始めた。

ボタンを外し、ひとつひとつ丁寧に私の服を脱がせていく。

「伊緒里に触れるたびに想像していたが……」

「え？」

「こんなにキレイな身体を隠していたんだな」

私の身体を舐《な》めるように見つめる上総くんに恥ずかしくなり、丸まって身体を隠す。

だが、そんな私を見て小さく笑った彼のたくましい腕が、私を求めて伸びてきた。

大きな手が、私の胸に触れる。大事なモノに触れる様子なのに、指先で悪戯《いたずら》していくのは彼の性格ゆえか。

すでに硬くなっていた先端を、指がゆっくりと弾く。乳輪に添うように円を描き、そして頂《いただき》をこね回した。

蕩《とろ》けそうなほどの快感に、私はただ背を反《そ》らして喘《あえ》ぐ。だけど、この体勢は彼に胸を差し出しているみたいに見える。

慌《あわ》てて戻そうとするのだが、次から次に与えられる快感に、身体がいうことを聞いてくれない。

「うあ……ん、はぁ」

「もっと聞かせてみろよ。伊緒里のかわいい声をもっと聞きたい」

「ふぁ……ぁ、ああん！」

「俺だけに聞かせて？」

上総くんの顔が胸に近づき、そして——その先端に口づけた。

服も下着もない状態で、先端を食《は》まれたのは初めてだ。

ゾクリと下腹部が甘く震え、何かが出てきそうになるのを太ももに力を入れて堪《こら》えた。

そんなことをしている間にも彼の舌が頂《いただき》を嬲《なぶ》り、舐《な》め上げていく。

堪《たま》らなくなって私は視線を逸《そ》らした。

「伊緒里、視線を逸《そ》らすな」

「だ、だって」

「誰がお前を女にしているのか……キチンと見ていろよ」

「っ！」

「誰にも渡さない……。絶対に」

チュッとキツく頂《いただき》を吸われ、私は甲高《かんだか》い声を上げる。ヒクヒクと下腹部が痺《しび》れる感覚に甘い目眩《めまい》がした。

彼は唇と舌で胸を愛撫《あいぶ》しながら、もう片方の乳房も揉《も》みしだく。

下から揉《も》み上げられ、快感に震える私は涙目だ。

「かわいい、伊緒里。……堪《たま》らなく、かわいい」

耳を塞《ふさ》ぎたくなるほど甘ったるい言葉を連呼する上総くん。手と耳、そして唇を同時に愛されて、私は嬉しさに啼《な》いた。

目の眩《くら》むような快感に泳がされ、全てが蕩《とろ》けそうだ。

このままいけば、どうなるのだろう。そんなことを考えつつも、私は上総くんからの愛撫《あいぶ》に夢中になる。

ハァハァと息を荒らげている私を見下ろし、彼は私の膝裏《ひざうら》に手を置いた。そして、大きく開く。

「え？　か、上総くん？」

「全部、見たい」

「やぁ……恥ずかしい」

頬を火照《ほて》らせて嫌々と首を横に振る私に、彼は反則なほどセクシーな顔で懇願《こんがん》してくる。

「恥ずかしがる伊緒里も見たい。だから、全部見せろよ」

腰が上がるほど大きく開かれ、上総くんに全てを見られてしまった。

彼の視線が熱いせいなのか。トロリとした何かが、奥底から溢《あふ》れ出《で》てくる。

恥ずかしさに耐えきれなくなった私は、上総くんを見上げた。だが、それは失敗だったかもしれない。

そこには、私の何もかもを手に入れようとする雄《おす》の顔があった。

その視線が熱い。

隠してしまいたい衝動に駆られる中、その箇所に熱く柔らかいものが触れた。

驚いてそこを見ると、蜜が蕩《とろ》け出ている箇所に彼が顔を近づけている。

慌《あわ》てて止めようとしたのだが、叶わない。

彼は指で花弁を一枚一枚広げ、舌で舐《な》め始める。

ペチャペチャと舐《な》める音が聞こえ、それがとてつもなく恥ずかしい。

「はぁ……ダメ、そんなっ」

「気持ちよくなって、伊緒里。ほら、舐《な》めれば舐《な》めるほど中から甘い蜜が垂れてくる」

「っ！」

「伊緒里の身体はどこもかしこも甘い。なぁ……なんで、こんなに甘くて美味《おい》しいんだ？」

くるおしいほどの快感が背を走る。恥ずかしいのに、やめてほしくない。もっともっとと強請《ねだ》りそうになる。

身体は正直で、腰が先ほどからユルユルと揺れていた。本当にお強請《ねだ》りをしているみたいで恥ずかしい。

もう何も考えられず、私はただ甘い啼《な》き声で気持ちがいいと訴《うった》えた。

すると彼はしつこいくらいに丹念に舐《な》めつつ、指で硬く閉じたナカを広げる。

我に返ったら確実に穴を掘って隠れたいレベルの醜態《しゅうたい》だ。なのに、今の私は上総くんに何もかもを曝《さら》け出《だ》したいと願っている。

そう、彼の指が出たり入ったりしている奥の奥まで……

「トロトロになってきた……伊緒里のナカ、柔らかくて温かくて気持ちがいい」

「あっ、やぁんん」

「ほら、俺の指に吸いついてきて離してくれない。気持ちがいい？」

上目遣いで見つめてくる上総くんは、とってもセクシーだ。その淫《みだ》らすぎる彼に絆《ほだ》されて、私は小さく頷《うなず》いた。

聞いてきたのは彼なのに、なぜか向こうまで恥ずかしがって視線を逸《そ》らす。

「クソッ、めちゃくちゃかわいい」

「え？」

「ハジメテだろうから念入りにほぐしていたのに……もう、無理かもしれない」

熱を持った蕾《つぼみ》に、上総くんの舌が絡みつく。そして唇で咥《くわ》えて吸い上げてきた。

ふんわりとした感覚を覚えた瞬間、目の前が真っ白に染まる。

「っあ、あ、あぁぁぁぁ――!!」

足の指に力が入り、キュッと丸まる。一気に身体に力が入ったあとフッと抜けて、そのままベッドに横たわる。

一方、私の足から手を離した上総くんは、スラックスと下着を脱ぎ捨てていた。視界に飛び込んできたのは、熱く昂《たかぶ》った猛《たけ》りだ。

再び私の足を大きく開き、身体を近づけてくる。

「キチンとイケたし、しっかりとほぐしたけど、ハジメテは痛いと思う。我慢……してくれるか？」

心配している様子なのに、有無を言わさないといった強い意思も感じさせる。

私を欲してくれている。それが死ぬほど嬉しい。もう、全て貴方のモノにしてもらいたい。

だけど、未知なる行為に恐れを抱いているのも事実だ。

彼のお嫁さんになった時点で覚悟はしていたが、怖いものは怖い。

それでも、彼の全てを身体に刻みつけたい。

我《わ》が儘《まま》な気持ちに苦笑したくなったが、私は胸の辺りで手を握りしめ彼を見上げた。

「うん」

「伊緒里」

「上総くんとなら、なんでもしたい」

一瞬呆《ほう》けていた上総くんは、目尻にたっぷり皺《しわ》を寄せてほほ笑む。

「ありがとう、伊緒里」

そのままゆっくりと腰を落とすのかと思ったのだが、突然そこで彼の動きが止まった。

「上総くん?」

どうしたの、と心配になって声をかける。けれど彼はベッドを下りて鞄《かばん》が置かれた場所へ歩いていく。

そのまま鞄《かばん》を持ってベッドルームに戻ってくると、中から小さな箱を取り出した。

「……コンドーム、つけないのかと思った」

式を挙げて籍も入れた。だから、避妊はしないのではと、私は思っていたのだ。

しかし、上総くんはそれを装着する。

「このまま何もつけずに一つになりたいと思ったが……まだ、今はやめておく」

「……どうして？」

この土壇場にきて、やっぱり私と直接は交わりたくないと考えたのか。視界が滲《にじ》むと、彼は慌《あわ》てた様子で首を横に振った。

「勘違いするなよ、伊緒里。お前との子が欲しくないって言っているんじゃない」

「だったら、どうして？」

「……当分の間は、俺だけの伊緒里でいてほしい」

「え？」

まさかの返答に、私は驚いてしまった。目の前の上総くんは耳まで真っ赤にして視線を泳がせている。

そして、唖然《あぜん》としたままの私に再び覆《おお》い被《かぶ》さり、熱い塊《かたまり》を押しつけた。

「もっと伊緒里をかわいがって、愛したいからな」

「上総くん」

「俺たち、デートだってしていないんだぞ？　伊緒里をデートに誘いたいし、それに……もっとこうして愛したい。もう少しだけ、伊緒里を独占していたい」

彼が腰をゆっくりと下ろす。粘膜を擦《こす》りながら、私のナカへと入ってきた。

最初は違和感を覚えるだけだった。

だが、ある箇所までくると圧迫感と共に痛みに襲われる。

最初はかなり痛いとは聞いていたが、これほどまでとは。

私は、その痛みを必死に耐える。

ギュッと唇を噛《か》みしめようとすると、上総くんがそこにキスを落とした。

「痛いだろうけど、力を抜いてみて」

「む、むりぃ」

「ほら、ゆっくり。そう……伊緒里はキスに集中していて」

腰の動きは止めて、深く、それでいて優しいキスをしてくれる。

思考が蕩《とろ》けて、ナカの痛みを忘れた頃、ようやく上総くんはゆっくりと腰を沈めた。

キスで意識が違うところに逸《そ》れていたとはいえ、再び痛みがズンと押し寄せる。

上総くんは私を労《いたわ》るように、何度も頬を撫《な》でてキスをし、さらに頭も撫《な》でてくれた。

その優しさに嬉しくなり、私は彼の身体にしがみつく。

一際強い痛みが走ったあと、上総くんが私を愛《いと》おしそうに抱きしめた。

「伊緒里、俺がナカにいるのがわかるか？」

「うん」

「全部入った。これが伊緒里のナカなんだな」

「上総くん」

「嬉しい……ありがとう、伊緒里」

「っ！」

その声がとても優しくて、愛《いと》おしくて……私は知らず知らずのうちに涙を零《こぼ》していた。

それを見て心配した彼に、首を横に振る。

「私も嬉しい」

「伊緒里」

「ありがとう、上総くん」

泣き笑いしながら見ると、彼は目を丸くしたあと、カッと一気に顔を赤く染めた。

「大事にしてやりたいのに……！　煽《あお》りすぎだ」

動くぞ、という切羽詰《せっぱつ》まった声を出し、腰をゆっくりと動かし始める。

最初こそ痛かったが、段々と蜜の音が大きくなるにつれて和《やわ》らぎ、私は不思議な感覚に支配されていく。

身体の内部から愛撫《あいぶ》されているようで、彼をより近くに感じた。

もっと彼を感じたい。身体ごと全部、包んでしまいたい。そう思うたびに、下腹部がキュンと鳴く。淫《みだ》らで恥ずかしいが、幸せな痺《しび》れだ。

クチュクチュと蜜の音を立て、身体と身体がぶつかる。

気持ちよさに夢うつつになっていたとき、頬に滴《しずく》が落ちてきた。上総くんの汗だ。

見上げると、彼は眉を寄せて切ない様子だった。

必死に私の身体を貪《むさぼ》ろうとする彼がますます愛《いと》おしい。

熱い楔《くさび》を穿《うが》たれ、内部が何度も収縮する。そうしていると、また先ほどの波が押し寄せてきた。

フワリと身体が浮いて、身体と思考がトロトロに蕩《とろ》かされてしまう、あの波だ。

「はぁ、ぁ……あ、上総くんっ」

「伊緒里、いお……り」

愛している、と何度も言いながら、彼は私をまるごと愛撫《あいぶ》する。

「や……も、もぅ……ダメ」

「伊緒里、伊緒里っ!!」

「だ、だめぇ……ぁ、あぁぁぁ――!!」

「っ！」

せり上がってくる快感をお互いに味わって昇りつめた瞬間、私たちは抱きしめ合い、愛を確かめ合った。

何度もナカに入ってきた上総くん自身がドクドクと白濁を吐き出すのを感じつつ、私は荒れた息を整える。

トロトロに蕩《とろ》けた身体は、少しの刺激をも快感に変えた。

ギュッと私を抱きしめる彼の手のぬくもりに淫《みだ》らな痺《しび》れを感じて、私は無意識に喘《あえ》ぐ。

「かわいい、伊緒里」

耳元で上総くんが囁《ささや》く声にさえ、身体が震えた。そんな私を見て小さく笑った彼は、ゆっくりと腰を引く。

「っふ……んん」

決して甘い刺激ではないのに、下腹部がキュンと彼を締めつけた。

「まだ、出ていってほしくなかった？」

上総くんの淫《みだ》らな声は、私にとって媚薬《びやく》と同じ効果があるらしい。

未だに夢見心地の私は、彼のたくましい胸にすり寄り、小さく頷《うなず》く。

「……うん」

「っ！」

すると、上総くんの息を呑む音が聞こえ、そこでようやく自分が恥ずかしげもなく大胆な返事をしていたことに気がついた。だが、すでに遅い。

「キャッ‼」

上総くんにシーツごと抱き上げられる。彼は裸体のままどこかへ向かう。

「か、上総くん？　どうしたの？」

突然の行動に、私は彼の腕の中でジッとしているしかない。

ただ彼の横顔を見つめていると、ようやくその歩みが止まった。

「うわ……すごい！」

目の前に広がるのは青々と茂ったモミジの木々。そして、総檜《そうひのき》の浴槽になみなみと湯が張られている光景だ。天然掛け流しのその露天風呂は、子宝の湯だと緑川夫人が言っていた。

外からの視線をシャットアウトしている竹林《ちくりん》に、心地のよい風が吹き抜ける。

辺りはすでに陽が落ち、その場の静寂な雰囲気を壊さないようにライトアップがされていた。

素敵な景色に歓声を上げつつも、今の状況を思い出した私は硬直する。

「えっと、上総くん？」

彼からの返事はない。私をゆっくりと洗い場に下ろしたあと、身体に巻き付けていたシーツをはぎ取る。

「ちょ、ちょっと⁉　え？　え？」

あっという間に裸にされ、私は慌《あわ》てて腕で身体を隠した。だが、全てを隠しきれるものではない。

ギュッと自分の身体を抱きしめていると、彼が背後から抱きしめてくる。

「もう、伊緒里の身体は全部見たし、愛したけど？」

「っ！」

「なんで隠すんだ？」

「な、なんで、って……」

先ほど全てを捧《ささ》げたばかりとはいえ、恥ずかしいものは恥ずかしい。

何より、屋外で裸体を曝《さら》け出《だ》しているのだから、羞恥心《しゅうちしん》を抱いても仕方がないはずだ。

それ以上は何も言えない私に、上総くんが耳元で囁《ささや》く。

「……大丈夫。ここには誰もいない。二人きりだ」

「上総くん」

「伊緒里を見ているのは、俺だけだ」

「……でも」

「それに、もっとナカにいてほしかったんだろう？」

「あ、あれは……！」

言い訳をしようと振り返った瞬間、唇を奪われた。

「っふ……ぁ……ん」

湯船からお湯が流れる音と、私の淫《みだ》らな啼《な》き声が露天風呂に響く。それがまた、羞恥《しゅうち》を煽《あお》った。

口内に上総くんの熱い舌が入り込み、何度も私の舌と絡み合う。そのたびに下腹部が甘くキュンと痺《しび》れる。

先ほどまでの熱に再び襲われ、私は一人では立っていられないほど感じていた。

ガクッと膝《ひざ》が崩れる瞬間、上総くんに抱き止められる。

彼はすっかり力が抜けてしまった私を抱き上げて湯船に入った。

あぐらをかき、その上に座る形で私を湯船に浸からせる。

柔らかく温かいお湯によって、身体がじんわりと温まった。先ほどまで汗だくで抱き合っていたので、汗が流れて気持ちがいい。

ふぅ、と息を吐き出していると、背後の上総くんが耳元で淫《みだ》らなお願いをした。

「伊緒里に、もっと触れていい？」

甘えた声の彼があざといほどかわいくて、心臓の音がはち切れんばかりに高鳴る。

伊緒里、と再びお願いしてくる彼に、私は——負けた。

「……うん」

誰もいないとはいえ、ここは屋外だ。部屋の中で、と誘うべきなのにできない。

私も、上総くんに触れたい。触れてほしい。

上総くんの方に身体ごと振り返ると、彼は私の頭を引き寄せて再びキスをし始めた。

舌で唇を舐《な》め、再び口内に入ってくる。クチュクチュと唾液の音を立て、私はその甘いキスに没頭していった。

「ぁ……！」

彼の両手が私の胸を、円を描くように触れている。

時折、長い指が硬くなった頂《いただき》を掠《かす》めて、そのたびに身体が跳ねた。

水音を立て、一心不乱に互いを求める私たちは、その快感に溺れている。

視線を合わせながらのキスは、大人のキスといった感じでドキドキした。

やがてゆっくりと唇が離れると寂しさを覚えたが、すぐにそんなことを言っていられなくなる。

彼の唇が顎《あご》に、喉元《のどもと》に、鎖骨に、そして胸の頂《いただき》に余すことなく触れていく。

だが、もっと私の身体に触れたいらしい。

「伊緒里、おいで」

「え？」

上総くんは立ち上がり、私を持ち上げて湯船の縁《ふち》に座らせた。後ろに手をついてと言って私に岩場に手をつかせると、私の左足を上げ大きく開く。

「ここにもキスしないとな」

「っああ……ああああ!!」

熱い舌を使い、すでに真っ赤に熟《う》れているであろう蕾《つぼみ》を舐《な》めた。

私は身体中がガクガクと震え、小さく達してしまう。

熱っぽい目で彼を見下ろした私は、抗議の声を上げた。

「そ、それ……キスじゃないっ」

「じゃあ、キスならいい？」

今度は舌を使い、彼は花びらを丁寧に剝《む》いたあと、蕾《つぼみ》を唇で吸い上げる。

強烈な刺激を与えられ、私はひっきりなしに喘《あえ》ぎ声を出した。ここが屋外だということを、すっかり忘れて大きな声で。

「伊緒里、かわいい。もっと啼《な》いて」

上総くんは唇で何度も蕾《つぼみ》を愛撫《あいぶ》し、蜜が滴《したた》る場所に舌を入れ込んでくる。

先ほどまで彼が入っていた場所だ。彼が欲しい、と下腹部が何度も収縮している。

舌で蜜をからめとったあと、上総くんは頬を紅潮《こうちょう》させながらうっとりとした口調で言う。

「ここを俺ので埋めて……そして、白く汚したい」

「っ！」

「でも、まだおあずけだな。もっと、伊緒里をかわいがってからだ」

「上総く……ん」

私も、彼ともっと蕩《とろ》け合いたい。私にもっと近づいてほしい。

そんな気持ちを込めて彼の名前を呼ぶと、上総くんの喉《のど》が鳴った。

「伊緒里、後ろを向いて。そう、手は岩場に置いて」

私はお願いをされるままに再び岩場に手をつく。

しかし、この格好はなかなかに恥ずかしい。上総くんにお尻を突き出すような体勢で、居たたまれなかった。

「これで、いいの？」

「ああ」

しかも、この体勢だと彼の表情を見られない。

私は、彼が今どんな顔をして私を見ているのかが気になってモジモジと太ももを摺《こす》り合わせる。

「花嫁衣装の伊緒里もキレイだったけど、今の伊緒里もキレイだ」

「やっ……ぁ」

私の背筋を上総くんの舌が這《は》い上《あ》がった。ゾクゾクとした快感に身体が震え、私は身体を支える自身の手に力を込める。

「早く、伊緒里のナカに入れたいけど……それはベッドに戻ってから」

「え？」

じゃあ、どうするのだろうと思っていると、彼は私を抱きしめて硬く滾《たぎ》った彼自身を股の間に入れ込んできた。

すでに蜜が垂れて滑っている箇所を、雄々《おお》しい塊《かたまり》で何度も擦《こす》る。

「ぁ……はぁん……ぁ……あ、あ」

彼が腰を振るたびに、蜜口と蕾《つぼみ》が擦《こす》れて気持ちがいい。あまりの快感にギュッと足に力が入る。

「そう……ぁ……。そうやって俺のを挟んで。気持ちいい……」

私をギュッと背後から抱きしめて腰を動かす彼に淫《みだ》らな吐息交じりで言われると、心臓がいくつあっても足りない。

彼が腰を動かすたびにお湯が跳ね、私の嬌声《きょうせい》が露天風呂に響き渡る。

「ぁ、あ……はぁ。ダ、ダメ……っ。そんなに、しちゃ」

ダメだと言っていても、身体は貪欲《どんよく》だ。もっと淫靡《いんび》な快感がほしいと強請《ねだ》っている。

上総くんは、そんな私の気持ちなどお見通しのようで、腰の動きは止まるどころか、より速さを増していく。

そして、腰を淫《みだ》らに動かす私の耳元に、背後から囁《ささや》いた。

「ダメだ、伊緒里。そんなに動いたら、誤って中に入るぞ？」

吐息混じりに言われて、私はますます快感に喘《あえ》ぐ。

「や……ぁ、きちゃう。あ、あ……！」

「はっ……伊緒里っ」

上総くんの荒い息が肩越しに当たる。彼も余裕がないのだとわかり、嬉しくなった。

「も、もう……ぁ、だめ、だめ……っ！」

「伊織里、伊織里っ‼」

彼の腰に合わせて、蜜の音が厭《いや》らしく響く。しかし、その音ももう私の耳には届かない。ただただ快楽を極めようと喘《あえ》ぐのみ。

「あっ、あ……やぁあああ！」

「っ！」

くるおしいほどの快感が駆け巡ったあと、背中に感じたのは彼のぬくもりだ。

ギュッと私を抱きしめた上総くんは、再び私の耳元で悪魔の囁《ささや》きをする。

「ベッドに戻って、もっと気持ちよくなろうか」

甘く煽情的《せんじょうてき》な熱に浮かされて、私は頷《うなず》いた。

上総くんは手早く私をタオルで拭き、その後サッと自身も拭く。

間髪容《かんはつい》れずに私を抱き上げ、再びベッドにもつれ込むように押し倒した。

「もう……我慢できない」

カチカチにいきり立つ塊《かたまり》にもどかしげにコンドームをつけ、私の腰を引き寄せる。

「いいか？　伊織里」

色気が際立つ欲に濡れた瞳。そんな彼を見て、私は小さく頷《うなず》く。

「うん。早く上総くんに触れたい」

「っ！」

すると彼は私の足を大きく広げ、蜜壺目がけて腰を押しつけてきた。

ググッと最奥まで入り込んできて、私の身体はそれだけで達してしまう。

ビクビクと快感に震えているのに、上総くんは腰を回してより刺激を与えようとする。

「上総くん……っ！」

達したことを訴《うった》えたが、彼は目を細めて意地悪く口角を上げた。

「もっと、伊緒里をかわいがりたい」

「な……なっ⁉」

「ほら、俺のはまだ愛し足りないっていっているぞ？」

「っ！」

確かに彼の塊《かたまり》は硬いままだ。目を泳がせていると、上総くんが唇に笑みを浮かべた。

「夜は長いぞ？　伊緒里」

「っ‼」

息を呑んで言葉を発せない私に、懇願するような甘い声で囁《ささや》く。

「もっと愛したいんだ……」

彼からのおねだりに絆《ほだ》されてしまった私は……彼にキスを強請《ねだ》る。

長く甘い夜の始まりを予感し、私の心は昂《たかぶ》った。

エピローグ

「――上総さん、男の嫉妬《しっと》は見苦しいですよ？」

「うるさい」

すでに準備は整い、正装姿の俺は壁に背を預けて腕組みをしている。

だが、顔は今日の主役とは思えないほど険《けわ》しい表情になっているだろう。それは、自覚している。

そんな俺を見てニヤニヤしながら脇腹を肘《ひじ》で突く井江田に悪態《あくたい》をついた。

「そういえば、伊緒里に聞いたぞ。あのとき俺は、合鍵を返してきてほしいと頼んだだけなのに、俺が伊緒里の新しい縁談を尊重すると言っていたと伝えたらしいな？　俺はあちこち根回しをしなくてはならなかっただけで、縁談を伊緒里が受けることを承諾した覚えはないぞ？」

「バレてしまいましたか」

「井江田！」

激昂《げっこう》する俺に対し、井江田は曲者《くせもの》らしい笑みを浮かべる。

「まぁまぁ、もう時効でしょう。それに、結果よければ全てよし」

「あのなぁ！」

「私はね、上総さん。上総さんだけじゃなく、伊緒里さんにも奮闘してもらいたかったんですよ」

「え？」

井江田の言わんとしていることが理解できず、俺は眉間《みけん》に皺《しわ》を寄せる。

すると、彼は朗《ほが》らかにほほ笑んだ。

「伊緒里さんはあの時点で、すでに上総さんを好きだったと思います。だからこそ、家のしきたりだとか父親の圧力なんかで貴方を諦《あきら》めてほしくなかった」

「井江田……」

「彼女なら、古いしきたりや掟《おきて》にも打ち勝てる。そう信じていたから、発破《はっぱ》をかけたんです。一時はどうなることかと心配しましたが、二人でラスボスに打ち勝ててよかったです」

「ラスボスって……伊緒里の親父《おやじ》さんのことか？」

ニヤリと笑う彼を見て、俺は盛大にため息を零《こぼ》す。

さすがは、井江田だと褒めるべきか、けなすべきか、怒るべきか。

しかし、俺たちの心配をしてくれていたことに変わりはないのだから、今回だけは見逃してやろう。

俺は仕返しとばかりに、井江田の脇腹を肘《ひじ》で突いた。

今日は、俺と伊緒里の結婚披露パーティーが執《と》り行《おこな》われる日だ。

あと一時間もすれば、会場となっているラグジュアリーホテルの大広間にはたくさんの招待客が押し寄せるだろう。

世界屈指の貿易会社を営む桐生家と、政治家である瀬戸家が執《と》り行《おこな》う結婚披露パーティーである。

都内で一番収容人数が多いホテルを選んだ。

結婚式は俺主導でかなり急に行《おこな》ってしまったため、今回のパーティーは伊緒里の好きなようにしたつもりだ。

とはいえ、元々派手なことを嫌う、どちらかといえば庶民派のお嬢様は『あれは高い』『これは必要ないんじゃないんですか?』と言っては、ウェディングプランナーを困らせていた。

俺の母などは『一生に一回きりなのよ! もっとドレス着て! お着物も着てよぉぉぉ』と懇願《こんがん》していたが、伊緒里の好きにさせてやってほしいとお願いしたら拗《す》ねた。

とはいえ、ずっとかわいがっていた伊緒里が桐生家に嫁《とつ》いできたことには大満足の様子だ。

(それは、俺も同感だけど)

すでに式を挙げ入籍している俺たちは新婚夫婦でもある。

仕事で海外を飛び回る俺としては、伊緒里に会社を辞めて家で待っていてほしいと思ったのだが……それは一蹴《いっしゅう》されていた。

『ようやく仕事に慣れてきて楽しくなってきたのに、辞めたくない!』

そう言われて、渋々諦《あきら》めた状況だ。

別に専業主婦になってほしいわけではない。伊緒里の好きにしていてもらいたいと考えている。

ただ……度量の狭い男の我儘《わがまま》だ。その理由は——

「伊緒里ちゃん、おめでとう!」

「ありがとうございます」

彼女の控え室には、伊緒里が勤めている会社の面々がお祝いの言葉を伝えに訪れていた。

いつもかわいい伊緒里だが、真っ白なウェディングドレスを纏《まと》った彼女は特別にキレイだ。目映《まばゆ》い光に包まれ、まさに女神だった。

こんなにキレイな彼女を誰にも見せたくないのに、どうして伊緒里の周りには一癖も二癖もありそうな男ばかりが集まるのか。

俺は表面上にこやかにその光景を見つつも、歯ぎしりをしそうになっている。

伊緒里の同僚には、男も数人含まれていた。会話の内容からして上司、同期、後輩とよりどりみどりだ。

そいつらが揃いも揃って見目のいい男ばかりの上、どうも伊緒里を狙っていた空気を感じるのである。

今まで彼女に手を出されなかったことが奇跡だ。いや、ただ単に彼らのアプローチを伊緒里が気づかず、スルーしていただけか。

時折俺に視線を向けてくるそんな男どもに、余裕の笑みをお返ししてやる。

(悪いが、すでに伊緒里は人妻だ。散れ、お邪魔虫どもめ!)

そんな気持ちでいる一方で、彼らの会話を聞いていると知らず知らずのうちに青筋が立った。隣にいる井江田の声も聞こえないほど、怒りに震える。

「瀬戸くん、辛《つら》いことがあったら私に言うんだよ」

(伊緒里はもう桐生だ!)

「伊緒里ちゃんが悲しんでいるときは、俺が駆けつけるから」

(お前に出番はない！)

「伊緒里先輩、いつまでも僕が守りますから」

(俺が守るから、間に合っている！)

内心で毒を吐いている俺は、きっと異様な雰囲気だろう。

しかし、そんな男どもの下心などには無頓着《むとんちゃく》な伊緒里は、「ありがとうございます。冗談でも嬉しいです」などと笑っている。

どうみても伊緒里はヤツらを相手にはしていない。だが、腹が立つ。

(伊緒里は……誰にも渡さない)

井江田の制止を振り切り、俺はその集まりに近づいていった。

「上総くん？」

口にはかろうじて笑みを浮かべているが、恐らく目は笑っていないだろう。そんな余裕は俺に残されていない。

俺の異変に気がついた様子の伊緒里だが、もう手遅れだ。

俺は彼女の細腰に手を回し、そのまま唇を奪った。

呆然としている伊緒里を腕の中にしまい込み、男たちを蹴散《けち》らす。

「私の妻がかわいいのはわかりますが、近づかないよう願いますね」

威圧的な態度で振り切ると、彼らの表情が固まった。

失礼、と断りを入れたあと、控え室から伊緒里を連れ出す。

どこかのマザコン男に〝女性はデリケート〟だと説教したのは誰だと苦笑したくなる。

最初こそ唖然《あぜん》として俺に為《な》されるがままの伊緒里だったが、我に返ったのだろう。苦言を呈《てい》した。

「ちょっと、上総くん。なんであんなことをっ!!」

首までも真っ赤にして怒る彼女は、掛け値なしにかわいい。

何かをまだ言いたげなその唇に、俺は自分の唇を押しつける。

口内を舌で愛撫《あいぶ》する頃には、伊緒里の身体から力が抜けていった。そんな彼女を抱き止め、耳元で囁《ささや》く。

「伊緒里がかわいいから仕方がない。諦《あきら》めろ」

「っ!!」

「お前を誰にも渡すつもりはないからな」

ギュッと伊緒里を抱きしめる。自分の腕の中に愛《いと》おしい妻がいることに満足していると、彼女に不意打ちを返された。

「私だって、上総くん以外にあげるつもりはないよ?」

「っ!」

これが計算済みで出た言葉なら悪女だが、素で言っているところが小憎らしい。

まさしく小悪魔だ。

きっとこの小悪魔な妻に、俺は一生振り回されるのだろう。

彼女が俺の心を見抜いてまっすぐに見つめてきた、あのときのように。

俺は何度でも伊緒里を好きになる。

「愛している、伊緒里」

花婿《はなむこ》と花嫁が脱走した。そんな声を遠くに聞きながら、俺はかわいい妻にキスをした。

この作品に対する皆様のご意見・ご感想をお待ちしております。

おハガキ・お手紙は以下の宛先にお送りください。

【宛先】

〒150-6008 東京都渋谷区恵比寿 4-20-3 恵比寿ｶﾞｰﾃﾞﾝﾌﾟﾚｲｽﾀﾜｰ 8F
（株）アルファポリス　書籍感想係

メールフォームでのご意見・ご感想は右のＱＲコードから、
あるいは以下のワードで検索をかけてください。

アルファポリス　書籍の感想　検索

ご感想はこちらから

偽《いつわ》りの恋人《こいびと》は甘《あま》くオレ様《さま》な御曹司《おんぞうし》

橘柚葉（たちばなゆずは）

2020年 7月 31日初版発行

編集－黒倉あゆ子・反田理美
編集長－太田鉄平
発行者－梶本雄介
発行所－株式会社アルファポリス
〒150-6008 東京都渋谷区恵比寿4-20-3 恵比寿ｶﾞｰﾃﾞﾝﾌﾟﾚｲｽﾀﾜｰ8F
TEL 03-6277-1601（営業） 03-6277-1602（編集）
URL https://www.alphapolis.co.jp/
発売元－株式会社星雲社（共同出版社・流通責任出版社）
〒112-0005 東京都文京区水道1-3-30
TEL 03-3868-3275
装丁イラスト－浅島ヨシユキ
装丁デザイン－ansyyqdesign
印刷－中央精版印刷株式会社

価格はカバーに表示されてあります。

落丁乱丁の場合はアルファポリスまでご連絡ください。

送料は小社負担でお取り替えします。


ISBN978-4-434-27515-9 C0093